O CRIADO-MUDO

OBRAS DO AUTOR

Ficção

O criado-mudo (romance), 1ª edição: Brasiliense, 1991, 2ª edição: Editora 34, 1996. *I would have loved him if I had not killed him*, St. Martin's Press, EUA, 1994. *Die Brasilianerin*, Rütten & Loening, Alemanha, 1995. *Een jonge Braziliaanse*, Uitegeverij Anthos, Holanda, 1996. *La mesilla de noche*, Los Libros del Asteroide, Espanha, 2007

O livro das pequenas infidelidades (contos), 1ª edição: Companhia das Letras, 1994, 2ª edição: Record, 2004

As larvas azuis da Amazônia (novela), Companhia das Letras, 1996

Branco como o arco-íris (romance), Companhia das Letras, 1998

No coração da floresta (contos), Record, 2000

O manuscrito (romance), Record, 2002

Histórias mirabolantes de amores clandestinos (contos), Record, 2004 — 2º lugar do Prêmio Jabuti 2005, categoria contos, e finalista do Prêmio Portugal Telecom 2005

Olho de rei (romance), Record, 2006 – Prêmio da Academia Brasileira de Letras para Melhor Obra de Ficção 2006

Um livro em fuga (romance), Record, 2008

Não-ficção

Diplomacia Cultural: seu papel na política externa brasileira, Instituto de Pesquisa de Relações Internacionais/Fundação Alexandre de Gusmão, 1989

EDGARD TELLES RIBEIRO

O CRIADO-MUDO

Edição revista

EDITORA RECORD
RIO DE JANEIRO • SÃO PAULO
2008

CIP-Brasil. Catalogação-na-fonte
Sindicato Nacional dos Editores de Livros, RJ.

Ribeiro, Edgard Telles, 1944-
R368c   O criado-mudo / Edgard Telles Ribeiro. – Rio de Janeiro: Record, 2008.

ISBN 978-85-01-08013-4

1. Romance brasileiro. I. Título.

08-0067
CDD – 869.93
CDU – 821.134.3(81)-3

Copyright © Edgard Telles Ribeiro, 1991
3ª edição (1ª edição Record)

Direitos exclusivos desta edição reservados pela
EDITORA RECORD LTDA.
Rua Argentina 171 – Rio de Janeiro, RJ – 20921-380 – Tel.: 2585-2000

Impresso no Brasil

ISBN 978-85-01-08013-4

PEDIDOS PELO REEMBOLSO POSTAL
Caixa Postal 23.052
Rio de Janeiro, RJ – 20922-970

EDITORA AFILIADA

*Para meus filhos Isabel, Adriana e Felipe
e para Flavio Eduardo Macedo Soares*

I

1

O convite para a inauguração do antiquário, esquecido na caixa de correio, era dirigido ao inquilino anterior. De dois meses antes, trazia dizeres em português e, no verso, em inglês. Curioso, li primeiro o texto em inglês:

CRIADO-MUDO[1]
WHERE THE PAST HAS A FUTURE

*Still searching for furniture and furnishings
that feed your fantasies?
If Art Nouveau, Art Deco or Pre-60's paraphernalia
is your thing, come visit!*

---
[1]Criado-Mudo / Onde o passado tem futuro
Ainda procurando móveis e objetos que alimentem suas fantasias?
Se seu negócio é *Art Nouveau, Art Déco* ou parafernália pré-60, faça-nos uma visita!

Seguia-se um endereço na Asa Norte da cidade. O texto em português era visivelmente traduzido do inglês, o que me fez pensar em proprietário estrangeiro. Mas *Criado-Mudo*? O termo tinha um sabor muito específico. No sábado seguinte fui até lá.

A quadra comercial estava em construção e, exceto por uma padaria e uma quitanda coreana, não apresentava maiores sinais de vida. O endereço correspondia a uma galeria, cujas lojas ainda estavam vazias, ou em princípio de ocupação. Ao fundo, o *Criado-Mudo* brilhava como um diamante na escuridão. Escuridão que me levou a tropeçar em um tijolo e quase cair dentro da loja, sendo salvo pelo abraço de uma mulher surgida não sei de onde. Entre seus seios, a um palmo exato de meus olhos, vi o caranguejo azul.

O caranguejo me transportou diretamente para outra época. Afastei-me um pouco, olhei o rosto bronzeado — era ela: Andrea. Enquanto nos abraçávamos novamente, pensei, com uma ponta de melancolia, que dez velozes anos já se haviam passado desde o fim de nossa época de Los Angeles. Estava decifrado, assim, o primeiro mistério: o *Criado-Mudo* era brasileiro, filho de carioca educada nas trincheiras de Venice, em uma Califórnia que acabava de viver Woodstock e ainda iria digerir Watergate e o fim da guerra do Vietnã. Restava, contudo, outro enigma a desvendar: o que faria Andrea tão longe do mar, no fundo de uma galeria semideserta da capital federal, ela que estrelara meu primeiro média metragem (o até hoje desconhecido *Crime na primavera*) e mais adiante enveredara por uma bem-sucedida carreira de modelo? Convinha investigar:

— Até hoje me lembro do estrondo do motor do meu carro quando você passou a marcha a ré sem debrear!

— Marcha a ré?

— Lembra? Você pensou que meu carro fosse automático. E passou a marcha a ré sem debrear. Durante as filmagens...

— Filmagens? *Que filmagens?*

Que filmagens?... Recuei um pouco, decepcionado, quase abatido. Mas encontrei forças para insistir:

— *Criado-Mudo!* Quem diria, você, dona de um antiquário em pleno Planalto Central...

E ela, também recuando até encostar-se em um armário centenário, cigarro na mão, cabeça inclinada, cabelos na testa, voz de repente rouca, olhar enviesado de baixo para cima:

— *Anybody got a match?*

Agora sim... A memória do filme de repente fundida em sua paródia. Outro abraço... A beleza do reencontro com minha Lauren Bacall e seu humor ligeiramente cruel.

Minha insegurança, porém, tinha certa razão de ser. Durante seis anos, no princípio da década de setenta, eu havia estudado e tentado fazer cinema em Los Angeles, programando música brasileira em duas estações de rádio FM e, à noite, para ganhar mais uns trocados, cozinhando no *Cyrano's*, um restaurante ítalo-brasileiro na Sunset com Cahuenga. Minha carreira, no entanto, se iniciara e se encerrara com aquele primeiro filme, friamente recebido nas três sessões em que fora exibido. A obra havia sido curta, as cicatrizes seriam eternas.

Naquela época, Andrea vivia com um paulista chamado Murilo, que exportava bicicletas para a Califórnia. Conhecera Murilo no Arpoador e trocara as areias do Rio pelas de Venice, onde ganhara um *irish setter* (que batizara Jung) e um mini-Honda amarelo de segunda mão. Costumava passear sem rumo pela teia de *freeways* a seu redor, ouvindo rádio, Jung de língua de fora no assento ao lado. De vez em quando eu programava uma música para ela na KPFK/FM e, em troca, recebia um convite para almoçar. Murilo sempre dava um jeito de estar presente a esses almoços, o que era meio frustrante. Exportação de bicicletas é um dos últimos assuntos de que se quer falar quando as energias estão voltadas para pequenos vales povoados por caranguejos azulados.

Andrea sugeriu que saíssemos para tomar um café. Fechou o *Criado-Mudo*, pegamos meu carro e partimos rumo ao bar mais próximo. O rádio tocava *Meu Benzinho*:

Pega minha mão sem ter medo
O que aconteceu vai ser nosso segredo

Não era a *San Diego Freeway* nem a KPFK/FM, mas a suave trilha sonora e o perfil ao meu lado confirmavam: dois casamentos e inúmeras carreiras depois, Andrea, esplendorosa em seus trinta e poucos anos, vivia agora em Brasília, onde abrira um antiquário graças a uma herança recebida de uma velha tia. Antes disso, passara algum tempo metida em um sítio no interior de Goiás. Para mim, porém, continuava nua, mergulhada dentro de minha banheira, em uma das cenas inesquecíveis de *Crime na primavera.*

— E o Murilo, vigiando você na banheira...

— Nem me fala... Murilo...

Nas cenas de nudez, Murilo não desgrudara de nós um só momento e impusera condições rígidas à produção, entre as quais, que Andrea ficasse de calcinha e camiseta escuras até o momento exato das tomadas. Nossa atriz, que se considerava uma mulher independente (apesar de viver basicamente de mesada), reagira a sua maneira, mantendo bem duros, sob a camiseta, os bicos de seus seios adoráveis.

Enquanto dirigia, perguntei-lhe sobre a origem do nome *Criado-Mudo*, que, para mim, evocava infância e, em particular, abotoaduras paternas e barbatanas de colarinho, pousadas entre porta-retratos e velhos cinzeiros. Andrea me falou então de sua tia Guilhermina, na realidade sua tia-avó, de quem herdara, ano e meio antes, um sítio de bom tamanho no interior de Goiás, repleto de móveis, objetos antigos, porcelanas e outras curiosidades. Herdara, sobretudo, uma história, que me fez estacionar às margens do lago Paranoá, porque não havia, na cidade, um bar à altura do pergaminho que minha amiga começava, aos poucos, a desenrolar diante de meus olhos.

2

Guilhermina se casara e enviuvara duas vezes. Mas era, primeiro e sobretudo, viúva do comendador Carlos Augusto de Maia Macedo, a quem fora entregue em casamento em 1926, aos 14 anos, em um arranjo familiar difícil de digerir até mesmo em sua época, pois o comendador tinha 66 anos quando subira com ela ao altar, e a cerimônia mais parecera uma primeira comunhão do que uma boda.

O título de comendador não fazia justiça às genuínas raízes aristocráticas dos Maia Macedo, que remontavam ao Primeiro Reinado, com incursões pela pequena nobreza francesa e italiana. Havia originalmente decorrido de uma ironia dos amigos, quando Carlos Augusto recebera, do governo Affonso Penna, uma vaga comenda. Mas a gente do interior do estado do Rio, ainda carente de marqueses e barões, consagrara, para todos os efeitos práticos, a honraria.

A fortuna dos Maia Macedo vinha das plantações cafeeiras que a família havia acumulado no vale do Paraíba ao longo de quatro gerações. Com o declínio do café ocorrido no início do século, um ramo da família comprara propriedades no interior de São Paulo e outro se transferira para a cidade do Rio de Janeiro, onde fundara um jornal.

O comendador, porém, preferira permanecer em uma de suas terras perto de Barra Mansa. Considerado um homem de bem ao longo de sua vida, passara, no entanto, a beber muito após a morte da primeira mulher. Dizia-se que era dado a ocasionais cenas de violência.

Assim é que, ainda menina, Guilhermina fora apresentada pelos pais a um corpulento viúvo de mais de 60 anos, que escondia uma boneca e um anel de noivado atrás das costas. Dois meses após aquele primeiro encontro, o mesmo senhor se postara a seu lado diante de um altar e, à noite, semi-embriagado, apagara com um sopro o lampião do quarto, rasgara sua única camisola bordada a mão, ignorara seus gritos de pavor e a violentara em meio à mais absoluta escuridão.

Entregue por seus próprios pais — que venerava — a um homem que poderia, com folga, ser seu avô, em uma transação cuja importância lhe fora confusamente incutida pela mãe entre apressadas lições de higiene íntima, Guilhermina levara sete exatos anos planejando a morte do comendador Maia Macedo. Com infinita paciência, fizera das recomendações de obediência total ao amo e senhor — que cumprira à risca — sua única razão de ser, cozinhando sua vingança com a intensidade de quem mistura, em um só caldeirão, abandono, horror, repugnância e prazer. Convertera o lençol ensopado de sangue com que se deparara ao amanhecer, e que mantivera suas costas congeladas e pegajosas ao longo daquela noite interminável, em um estandarte a cujas cores jurara eterna fidelidade. Passara das cirandas ao tango, sem mudar de partitura.

Com os anos, percebera que o terror original fora ainda maior pela absoluta falta de referências sobre o que lhe sucedera. Referências essas adquiridas ao descobrir a biblioteca de um fazendeiro, primo e vizinho de seu marido, de onde, a cada visita, retirava livros como quem busca alimento. Por meio das leituras, conquistou também seus abismos e vertigens. Tudo isso, e muito mais, ela contaria meio século depois a Andrea, uma remota sobrinha-neta que encontrara por acaso e a quem se afeiçoara pelo prazer quase ansioso de compartilhar com alguém, já no final da vida, o fundamental segredo.

Andrea, por sua vez, crescera ouvindo falar daquela estranha tia-avó, cuja vida era conhecida apenas em suas linhas mais gerais. Sabia-se que Guilhermina casara ainda criança, ficara viúva muito cedo, resgatara seu sobrenome de solteira e passara quatro anos desaparecida na Europa antes da guerra, após o que, de retorno ao Brasil, voltara a se casar, desta feita com um comerciante português, para novamente enviuvar treze anos depois, mantendo-se rompida com seus pais e seu único irmão até a morte. Com a segunda viuvez, a tia, apesar de relativamente jovem, desfizera-se dos negócios do marido para, em um lance de mistério supremo — pois isso se dera três anos antes de Brasília ser construída —, comprar alguns alqueires no interior de Goiás, onde erguera uma fazenda.

Nascida na terra, sem parentes ou amigos próximos nem herdeiros diretos, Guilhermina fechava um ciclo, voltava para a terra. Fizera transportar para sua nova morada mobília, prataria, diversos baús, serviços de louça e porcelanas, quadros e aquarelas, tapetes e cortinas inglesas. E lá ficara, cercada de livros e gatos, vivendo inicialmente de algumas rendas e, mais adiante, vendendo alguns lotes a seu redor, até ver sua propriedade reduzida às proporções de um confortável sítio. Uma vez por ano ia ao Rio conversar com o velho advogado que tratava de sua vida e manejava suas contas. Aproveitava para entrevistar-se com seus médicos e visitar, nos cemitérios São João Batista e do Caju, seus dois maridos.

Andrea a conhecera em uma dessas vindas ao Rio. O encontro se dera em um oftalmologista, quando a recepcionista chamara sua atenção para a coincidência entre seu sobrenome e o da senhora com quem dividia a sala de espera. Haviam reconstituído a árvore genealógica da família e logo concluído que Guilhermina era irmã do avô paterno de Andrea. Um irmão que ela adorara em criança e que eliminara por completo de sua vida ao romper com sua infância.

Quando se conheceram, a tia já havia começado a vender alguns de seus móveis, sem qualquer amargura ou ansiedade. Ao contrário, desfazia-se de seus bens como os aeronautas despejam areia para elevar seus balões aos céus — e usara essa imagem com conhecimento de causa, pois, nos anos trinta, namorara um balonista dinamarquês e com ele passara várias tardes sobrevoando as vizinhanças de Paris. Mais adiante, ao aprofundar suas confidências, diria a Andrea que seu ideal era morrer sem nada e, no momento final, riscar um derradeiro fósforo para queimar a boneca que o comendador lhe presenteara junto com o anel de noivado. E como Andrea brincasse que sempre havia o risco de o fósforo apagar na última hora, a tia rira baixinho e decidira mentalmente fazer dela sua herdeira. Ainda em vida, dera-lhe algum dinheiro para montar um antiquário e ajudar na venda de seus móveis. Andrea, àquela altura cansada de sua vida de modelo e exaurida por mais um final de casamento, aceitara sem hesitar. E a primeira peça a entrar no antiquário, na época ainda localizado em uma pequena sobreloja, havia sido um criado-mudo.

A noite caía. Convidei Andrea para ir até minha casa comer meu famoso espaguete Cyrano's, à base de molho de sardinhas em páprica e azeitonas com açafrão (queijo ralado naturalmente excluído). Cozinhamos juntos, eu o espaguete, Guilhermina sua sagrada vingança. Meu interesse oscilava nervosamente entre, de um lado, a determinação de Guilhermina, de outro, o espaguete e, no meio, a memória dos seios duros de Andrea em minha banheira, quando eu gritara "Ação!" — e ela, em um gesto fulgurante, retirara sua camiseta molhada e a jogara na cara vermelha de Murilo.

A luz de meu apartamento ainda não havia sido ligada — eu acabara de me mudar para a capital, readmitido na universidade, de onde fora expulso na degola geral do final dos anos sessenta. Além de gravuras, discos e livros espalhados pelo chão, meu patrimônio incluía cama, mesa, duas cadeiras e dezesseis magníficas panelas e frigideiras. Com a ajuda de uma lata de sardinhas portuguesas, uma garrafa de Undurraga e um par de velas, alinhavamos, assim mesmo, um jantar digno de meus tempos de *Cyrano's*, recriando, nas paredes brancas a nosso redor, as sombras de uma certa adega que Guilhermina um dia descobrira no porão da fazenda do comendador Maia Macedo.

A importante descoberta ocorrera ao final de seu primeiro ano de casada e fora uma revelação, por coincidir com sua iniciação no mundo da literatura. O primo do comendador, que habitava a tal fazenda vizinha, tivera a delicadeza de ceder-lhe alguns livros que comprara anos antes para uma filha, àquela altura já casada e residindo no Rio de Janeiro. Sem saber muito bem por onde começar e imaginando que sua nova prima talvez ainda brincasse de boneca ou não fosse especialmente dada a leituras, parecera-lhe de bom-tom principiar por histórias infantis.

Pelas páginas dos *Contos da Carochinha*, Guilhermina trocou, então, de mundos. Saiu, aos poucos, de um terror, que não conseguia administrar, para um do qual podia participar (e no qual se julgaria rapidamente capaz de interferir). Trabalhou seus novos pânicos com o prazer e a paciência do escultor que mistura sua argila. A idéia de que crianças pudessem ser aprisionadas para serem engordadas e comidas por uma feiticeira enlouquecida passou, assim, no filtro de sua imaginação, por diversas transformações, até cristalizar-se em uma imagem obsessiva, fruto de um sonho revelador, no qual o comendador aparecia esquálido atrás de grades, suplicando por ajuda.

Na manhã que se seguiu àquele sonho decisivo, Guilhermina, como que flutuando em um colchão de ar, seu estandarte vermelho e branco nas mãos, teve a curiosidade de abrir uma porta escondida embaixo da escada. Deparou-se com uma nova escada, cujos degraus a levaram a uma segunda porta e, atrás dela, ao porão da velha fazenda, onde deu com um depósito e uma adega, fechada por barras de ferro, corrente e um cadeado enferrujado. Ao pé da escada, foi dominada por uma espantosa visão: do outro lado das grades, furioso e impotente, o enorme comendador parecia bradar por ela, o olhar fixo em suas mãos. Guilhermina abaixou lentamente a cabeça e viu, entre seus dedos, uma chave grossa e pesada.

Sob o impacto da imagem, vacilou e apoiou-se contra a parede. Aos poucos, porém, acalmou-se. E, quando reergueu os olhos, seu marido também já parecia mais tranqüilo. Silenciosamente, apelava agora para que parasse com a brincadeira de mau gosto. Havia em seu rosto uma ternura que ela nunca sequer pudera imaginar. O comendador, afinal, era de carne e osso. Em breve, seria apenas osso.

Se dependesse exclusivamente de Guilhermina e sua fabulosa visão, meu jantar já teria queimado, os seios de Andrea murchado e seu caranguejo desbotado. No entanto, em homenagem à disciplina e à paciência com que ela soubera conduzir os seus negócios a partir daquele dia, consegui, por meu lado, controlar minhas emoções e salvar nosso jantar. Morte e vida, tudo era desejo. E, em nome dessa simples verdade, que o tempo e as leituras ensinam a tão duros custos, brindamos alegremente e atacamos nosso espaguete.

Durante sete anos, Guilhermina tecera sua teia. Durante sete anos, a cada hesitação ou momento de fraqueza, embebedara o comendador, soprara seu lampião e se deixara violentar para recuperar, intacto, o ódio. Quando se sentira mais íntima da tia, que passara a visitar mensalmente no sítio de Goiás, Andrea lhe perguntara se, afinal, com todas aquelas emoções misturadas, não terminara por experimentar algum prazer nos braços do marido. Ela respondera sem hesitar que sim, tanto que mantivera Carlos Augusto — que, passado dos setenta, começava a moderar os seus ardores — razoavelmente ativo, tomando ela própria, a partir de certa época, todas as iniciativas necessárias para aquele fim. Os desejos de Guilhermina, de vida e de morte, tinham outras raízes. Eram, além disso, alimentados pelo combustível dos livros que continuava devorando, numa busca que em poucos anos a levaria, em um compreensível ziguezague, dos irmãos Grimm até Flaubert.

Um homem curioso aquele primo do comendador, que abrira tantos caminhos para a jovem Guilhermina. Chamava-se Flávio Eduardo e era viúvo. Guilhermina se dirigia a ele cerimoniosamente como Dr. Flávio, mesmo porque, além de fazendeiro, formara-se em Medicina para atender a uma velha aspiração paterna. Embora seis anos mais jovem que Maia Macedo, tinha uma aparência franzina, sofria de asma e usava óculos escuros com grau de fundo de garrafa, o que o fazia andar pela casa como se estivesse sempre a ponto de tropeçar. Essa fragilidade havia tranquilizado Guilhermina, tornando possível sua aceitação dos primeiros livros e, mais adiante, das revistas que o primo recebia periodicamente da Europa, com suas novidades nos campos da arte, da moda e dos costumes. Dr. Flávio Eduardo, que se impregnara de perfumes e de sonhos franceses na juventude, quando freqüentara o Café de

Paris, no Largo da Carioca, e o Moulin Rouge, na Praça Tiradentes, ingressara, já mais adulto, no seleto clube dos fregueses das livrarias Garnier e Briguiet, no centro da cidade. Era capaz de discutir com os amigos trechos de Renan ou de Zola por horas a fio, e integrara a comissão que, em 1910, recebera Anatole France no cais do porto, quando da viagem do notável escritor ao Rio de Janeiro.

Por meio desses livros e revistas, Guilhermina aprimoraria o francês das lições recebidas quando criança. Pois sua família, modesta se comparada ao clã Maia Macedo, tinha bom nível, e seu pai, pequeno proprietário em Barra Mansa, lhe proporcionara uma educação correta para suas posses e os padrões da época.

Jogavam xadrez noite adentro, Carlos Augusto e o primo, enquanto Guilhermina, no sofá ao lado, lia suas revistas ou percorria com o dedo os incontáveis volumes da biblioteca, permitindo-se por vezes uma rápida pergunta sobre esse ou aquele autor, à qual o Dr. Flávio respondia com uma aula singela sobre o escritor, sua obra e sua época. O comendador não participava dessas conversas nem tampouco interferia, até porque não incluía a leitura entre seus hábitos mais regulares, não podendo supor, em conseqüência, que, a cada livro retirado da estante, uma nova peça se movesse em um tabuleiro invisível bem a seu lado.

Andrea naturalmente imaginara que algo de mais pessoal acontecera entre Guilhermina e o novo primo. A tia confessara o encantamento, que se mantivera, contudo, como pano de fundo. Seu compromisso, obstinadamente enquadrado em primeiro plano, era com seu ódio. Com os anos, mudaria um pouco as ênfases, mas sem jamais perder de vista os objetivos. Mais do que ao marido, Guilhermina fora fiel a seu estandarte vermelho e branco.

Dr. Flávio Eduardo, por sua vez, perdera a mulher poucos anos antes, apesar dos esforços insanos para salvá-la de uma tuberculose repentina. E, àquela altura da vida, mais parecia um personagem adicional esquecido em sua biblioteca que um homem de carne e osso às voltas com anseios de conquista. Além disso, gostava de Carlos Augusto e participara dos entendimentos iniciais que haviam viabilizado o matrimônio, julgando haver prestado um bom serviço a todas as partes.

Em compensação, se estava desatento à nova prima como mulher, revivia naqueles pequenos diálogos literários uma ternura que imaginara perdida. E isso lhe bastava. De toda forma, Guilhermina demonstrava pelo marido um afeto que só parecia aumentar com o passar do tempo. Assim, ao som de grilos e cigarras, entre comentários sobre a contínua alta da Bolsa de Nova York ou um discurso de Washington Luís, as peças de xadrez continuavam a ser movidas em seus respectivos tabuleiros, noite após noite, com carinho e aplicação.

3

Dois anos já se haviam passado na vida de Guilhermina sem que eu conseguisse achar um abridor de latas que me permitisse oferecer pêssegos de sobremesa a sua sobrinha. As preocupações de Guilhermina, de outra natureza, mantinham a jovem em um estado que oscilava de fervorosa exaltação a uma espécie de semiletargia. Como conciliar a força irremovível da visão que a impregnara ao pé da escada daquele histórico porão com as dificuldades objetivas que a cercavam e pareciam, para todos os efeitos, insuperáveis? Como, em uma fazenda ativamente empenhada na produção cafeeira, com compradores, fornecedores e empregados em constante entra-e-sai, transformar seu sonho em realidade? Como, para levantar a questão que ela sequer ousava formular com clareza para si própria, trancafiar Maia Macedo em seu porão?

Guilhermina tinha um trunfo a seu favor, além da vontade férrea que a movia. O tempo parecia transferir-lhe, com implacável delicadeza, as forças que ia gradualmente retirando do marido. E quanto mais fraco o comendador, mais apaixonado parecia ficar, transitando, sem perceber, do plano do desejo para o da entrega.

Carlos Augusto continuava a ser, no entanto, e antes de mais nada, um homem de seu tempo. Por isso tendia a confundir o encantamento da mulher, cuja beleza desabrochava a cada mês, com amor correspondido. E felicitava-se pela relativa rapidez com que, passado o mal-estar das primeiras semanas, soubera trazer a jovem esposa para o universo do prazer, cujas filigranas, não sem orgulho, julgava dominar.

O comendador recebera uma educação européia, cujos desdobramentos haviam aberto espaço para a possibilidade de que uma mulher honrada pudesse, desde que guiada por quem de direito, compartilhar determinados prazeres que os homens de sua geração acreditavam encontrar apenas nos bordéis. Nisso fora influenciado por uma relação amorosa que estabelecera com uma baronesa italiana cujo marido vinha a ser seu contraparente, e em cujo castelo se hospedara na Itália quando jovem. A bela baronesa, que se chamava Maria Stella, o conquistara para sempre entre duas contradanças e, valendo-se das tardes que o barão dedicava às caçadas, desfrutara dele sem maiores cerimônias, como quem toma um sorvete. Mas se o saboroso episódio varrera por completo da mente do jovem Carlos Augusto qualquer preconceito incipiente em matéria das formas ou dimensões do prazer de uma mulher, deixara, em compensação, no capítulo da ambigüidade do sexo frágil, graves seqüelas no espírito do futuro comendador. Com Maria Stella perdera o medo do escuro, mas se tornara inseguro.

Haviam-se seguido muitos anos de celibato, que o levariam a percorrer complexos caminhos até, já quase sessentão, finalmente se casar. Sua primeira mulher, no entanto — aparentada dos Maia Macedo, roliça e quarentona —, morrera após três anos de casamento, arrastada pelas águas de um rio durante um piquenique de família, no qual — todos os presentes haviam estado de acordo sobre esse ponto — abusara um pouco da comida. Datavam daí seus primeiros anos de bebida e a conseqüente decisão de sua família, urdida às suas costas, de casá-lo novamente.

Os gritos de terror de Guilhermina na desastrada noite nupcial haviam, contudo, surpreendido e irritado o velho noivo, por evocarem um provincianismo incompatível com seu berço aristocrático, suas memórias de juventude e conquistas de homem maduro. Chegara a atribuir o episódio a alguma doença mental, tal a intensidade com que a rejeição se manifestara. Entorpecido pelas duas garrafas de champanhe que bebera durante a festa, meio trôpego na escuridão, quem sabe ameaçado por um acesso de impotência, correspondera ao desafio com inusitada violência.

Mais surpreso ficara, no entanto, com a docilidade que se seguira à rejeição. Como que por um passe de mágica, Guilhermina iria transformar-se, em poucos dias, em uma síntese quase perfeita de audácia e submissão, com momentos de entrega em espiral que beiravam a perversão. E o comendador, que chegara a lamentar sua impaciência inicial — colocando sempre a culpa na reação histérica da esposa —, felicitava-se agora pelo êxito da inesperada reviravolta.

Se ainda não tinha a elegância e a tranqüila inconseqüência da baronesa de sua juventude, nem a variada experiência das inúmeras mulheres que Maia Macedo conhecera a partir de então, Guilhermina superava-as em ardor, intensidade — e em algo especialmente misterioso, cujas emanações o comendador captava, sem identificá-las com exatidão. (Se fosse professor e ela aluna, diria que se tratava de aplicação.) Parecia-lhe, de toda forma, que entre aquelas duas mulheres fundamentais, a Maria Stella de sua juventude e a aplicada noiva em permanente ebulição, nada havia acontecido além de quarenta anos de desencontros. E agradava-lhe a idéia de que o ciclo do amor, aberto em algum ponto quase remoto de seu passado, voltasse a se incendiar novamente em sua velhice.

Registrava, contudo, diferenças notáveis entre as duas mulheres. Em algumas de suas mais recentes noites de abandono, havia despertado banhado em suores, preso a violentos pesadelos — o que jamais ocorrera com a baronesa, por mais que, em sua juventude, a idéia de relação ilícita, ainda por cima sob teto alheio, o mantivesse tenso e preocupado. Mas a jovem esposa, entre beijos e carícias, o retirava daquelas crises noturnas e o devolvia ao sono profundo. Nas manhãs que se seguiam aos pesadelos, Maia Macedo tentava inutilmente recordar o que sonhara e, à falta de explicação melhor, fixava o olhar em um ponto distante, ao fundo do qual sua bela e sorridente mulher entrava em foco, e atribuía o sonho à má digestão. Decidia, então, reduzir suas visitas à adega, onde baixava por vezes atrás de um vinho.

Guilhermina, de seu lado, dissecava o comendador com olho clínico, colocando entre ambos um permanente microscópio. Conhecia sua rotina como um prisioneiro a de um companheiro de cela, das primeiras horas da manhã, quando se levantava para tomar uma xícara de café forte no cercado, onde o leite do dia era ordenhado frente a seus olhos, à noite, quando, após a visita ao primo Flávio Eduardo, ou a prosa com o capataz, tirava as pesadas botas e, já descalço, ia apagar as lâmpadas de querosene do andar superior e compartilhar um último biscoito com o cachorro.

Guilhermina gostava de isolar, quadro a quadro, os momentos específicos da rotina diária de seu esposo. Observava-o, como que montada em algum tripé imaginário, remexendo, por exemplo, em uma antiga coleção de soldados de chumbo. Não desviava o olhar da cena, que registrava em sua plenitude, de soldado a soldado, torre a torre, relendo pelos olhos distraídos do marido algum velho catálogo alemão sobre coleções famosas ou sobre um leilão de hussardos. Mais adiante, talvez dias depois, enquadrava novamente o comendador, desta feita brincando com os cachorros ou, após o jantar, os óculos de aro fino na ponta do nariz, conferindo as contas de algum fornecedor. E lá deixava seu olhar, enquanto prosseguia aparentemente imersa em suas leituras, remontando incessantemente o cenário ao redor do velho marido, misturando objetos e personagens de cenas anteriores, em um exercício inconsciente e fértil de libertação.

Como um ator que improvisa e recria falas desconexas para entrar em seu personagem, fazia Carlos Augusto acariciar um lápis, comer um soldado de chumbo ou falar da entressafra com um cachorro. Penetrava, assim, no universo de seu marido pelo viés do insólito, imaginando, não sem razão, que aquele processo sonâmbulo de conhecimento abriria alguma brecha que lhe permitisse seguir tateando até seus mais secretos objetivos. Naquela equação de cenários e personagens em permanente mutação, o comendador e sua adega eram duas das três coordenadas ferreamente definidas. A terceira — quando e como — ainda vinha sendo trabalhada, à medida que Guilhermina erguia sobre o marido um meigo olhar.

Era esse olhar, pousado em vigília sobre o comendador, que havia contribuído para espalhar, muito além daquelas terras, o mito do casamento que tudo tivera para dar errado — e dera certo. Tanto assim que, quando, alguns anos depois, Maia Macedo finalmente descansara, não haviam sido poucas as lágrimas derramadas ao redor da jovem viúva, cuja dedicação de certa forma inspirara em todos um grau de compaixão bem superior aos méritos de um falecido que, sem ser detestado, nunca fora especialmente apreciado. Para todos, na tarde chuvosa do enterro, o olhar amigo que iluminara o comendador até o apagar de sua vida continuava aceso. E estava. Mas, por trás do véu, Guilhermina cantarolava uma valsinha.

Nesse processo de zelosa atenção, a jovem esposa certa vez surpreendera o comendador perseguindo uma moça de blusa entreaberta atrás da estrebaria. Dera logo a entender, com um bater de pestanas e um ligeiro sorriso, que talvez estivesse a par daquelas pequenas diabruras do marido e que delas se orgulhava — o que conferira ao episódio uma perturbadora dignidade. E afastara-se rindo baixinho, a mão cobrindo a boca.

Naquela mesma noite, explorando um pouco mais o filão que o destino milagrosamente abrira rente a seus pés, redobrara seus ardores, levando o exausto comendador, cuja orelha mordera sem cessar, a cometer novas estripulias. Forçara-o a falar de seus amores antigos, de suas grandes proezas e pequenas safadezas, do que fizera, com quem, quantas vezes e com que resultados. E tantos detalhes pedira ao pobre homem que eu próprio cortara o dedo na lata de pêssegos finalmente aberta, deixando cair um pouco da calda sobre Andrea.

A essas alturas eu já começava a me perguntar se Andrea e seu *Criado-Mudo* não se haviam materializado em minha vida com a finalidade expressa de me enlouquecer nesse meu retorno à capital, recriando, contra um semimacabro cenário de tia-avó versus marido sátiro, o maremoto de uma antiga banheira onde, sob as fortes luzes dos refletores e debaixo de águas turvas, um caranguejo olhara firme para mim entre dois seios. Mas não havia tempo para divagações dessa natureza. Restava tirar a blusa, lavá-la um pouco e esperar estoicamente que secasse.

Envolta em meu quimono, pernas douradas cruzadas a minha frente, cercada por algumas de minhas melhores almofadas indianas, bem debaixo das escadarias de Odessa, nossas velas projetando sombras cada vez maiores em minhas paredes, Andrea me fez então voltar, em noite de forte chuva, ao topo dos degraus que levavam ao porão da velha fazenda, um passo atrás de Guilhermina e de seu comendador. Outros dois anos já se haviam passado.

O convite para a descida ao porão surgira por acaso e tomara a jovem esposa de surpresa. O comendador não era chegado a licores. Mas, naquela noite de chuva intensa, convidara Guilhermina a tomar com ele, na varanda que se debruçava sobre o pomar, um cálice de licor de amêndoas, que aprendera a apreciar em seus anos de Itália. Ela concordara, em parte porque o cheiro forte da terra molhada, trazido pelo vento úmido, parecia estimular um desejo por sabores mais densos. E, também, porque o marido vinha ultimamente remoendo muitas lembranças de juventude, em particular de sua viagem à Itália, quando, segundo deixara entrever, todos os seus sentidos haviam desabrochado de uma só vez, do olfato ao paladar, do tato ao olhar. E Guilhermina percorria agora, pela sombra, trilhas calcadas naquela mesma direção.

Teresa e Joaquim, os empregados que cuidavam da casa e da cozinha, não haviam encontrado garrafa de licor na sala de jantar ou na despensa, o que levara o comendador a sugerir à esposa que o acompanhasse até a adega. Haviam descido, ele na frente, com um candelabro de prata na mão direita, ela com seu estandarte vermelho e branco na esquerda, chuvas e trovoadas ao redor. Era a primeira vez que faziam o percurso juntos e, para que houvesse uma segunda, Guilhermina esforçou-se por exercer um controle heróico sobre as vertigens nupciais que, como fantasmas, subiam a seu encontro na contramão da escada.

Chegados ao derradeiro degrau, o comendador retirara da cintura um grosso molho de chaves e, pousando o candelabro sobre um criado-mudo esquecido ao pé da escada, entreabrira as pesadas grades da adega. Ao pegar uma garrafa da prateleira, contudo, virara-se de repente — como que movido por uma súbita lembrança. E, sem reparar na palidez de sua esposa, dissera-lhe, com um ligeiro piscar de olhos, que algum dia lhe contaria uma bela história de amor, vivida em uma adega semelhante, entre tonéis de vinho, barris de azeite e as coloridas sedas de uma baronesa.

Guilhermina, ainda menina, quase assassina, dera um saltinho e abraçara o marido, cuja boca cobrira de pequenos beijos frenéticos, exigindo que ele revelasse tudo sobre aqueles vinhos, azeites e doces prazeres. Rindo um pouco, mas sem conseguir desvencilhar-se da jovem esposa dependurada em seu pescoço, o comendador deixara-se cair com ela sobre umas sacas de arroz esquecidas pelo chão e, o olhar preso às pequenas labaredas, concordara em pintar, no interior de sua orelha, um breve afresco de sua remota juventude.

4

Mar aberto. Uma embarcação de quatro mastros corta velozmente o céu cinza sob o vento, batendo com força a proa contra as águas. No tombadilho, trinta cavalos árabes puro-sangue chocam, nervosos, seus cascos no convés. Presos por rédeas curtas às mãos de treinadores, os animais se retêm um pouco para não deslizar sobre uma lona salpicada de serragem. Embarcado à noite e tendo adormecido pouco antes da partida, o jovem Maia Macedo se depara com esses cascos ao despertar, em meio a um mar de espuma, risos, turbantes, roupagens brancas e ao forte cheiro de estrume, alcatrão e maresia.

Teria essa embarcação com seus cavalos e cavaleiros, que cruzava o Mediterrâneo na primavera dos idos de 1880, constado do afresco original pintado pelo velho comendador naquela primeira noite de lembranças? Ou faria ela parte de outra seqüência?

Andrea, confinada aos limites de sua herança, não tem como saber: para ela as imagens já chegaram embaralhadas em tantas outras, nas versões que a tia lhe transferira em suas sucessivas visitas ao sítio de Goiás. De minha parte, como o arqueólogo que reagrupa livremente os primeiros fragmentos de suas cerâmicas no chão de um templo recém-escavado, conservo certos privilégios de edição. Anteponho, assim, a quaisquer outras, as imagens com que o comendador provavelmente teria gostado de dar início a seu relato para a mulher que, cinqüenta anos depois, se debruçaria sobre seu corpo e seu passado. São imagens que, com seus sons e seus aromas — e seu sabor de travesseiro —, fundem sonho e aventura.

Um segundo fragmento de cerâmica a meus pés, desta feita uma carruagem puxada por seis cavalos, sob o comando de dois cocheiros de libré, enviados ao porto para buscar o recém-chegado. Guilhermina não descrevera Nápoles no fim de século, nem mencionara o trajeto até o vilarejo de Sardone, onde ficava o castelo, cujas dimensões ou características omitira. Tampouco falara da paisagem com seus camponeses na linha do horizonte, e menos ainda do Vesúvio. Dissera apenas que o traslado até Sardone durara pouco mais de duas horas (tanto que Carlos Augusto chegara a tempo de almoçar) e que o interior da carruagem, todo forrado de cetim branco, estava impregnado por um perfume de mulher que enfeitiçaria o viajante anos a fio.

Novo fragmento, dessa vez de interiores. Guilhermina, sempre privilegiando personagens em detrimento de cenários, havia apenas registrado uma interminável escadaria de pedras, que unia os aposentos superiores a duas amplas salas recobertas de tapetes, armas antigas e tapeçarias. E se referira ao vento encanado que, da manhã à noite, percorria o castelo de ponta a ponta, balançando o brasão dos Rinaldo di San Rufo sobre a enorme lareira sempre acesa.

Se algumas das tintas do afresco do comendador pareciam haver desbotado em contato com o olhar mais seletivo da esposa, é porque Guilhermina reservava o melhor de sua atenção para a entrada em cena da baronesa. Indisposta, Maria Stella não recebera o primo no final daquela manhã nem participara do almoço. E esse atraso, que de modo algum havia afetado o jovem visitante, ainda às voltas com descobertas de outra grandeza, impacientaria, cinco décadas depois, sua atenta ouvinte. Ei-la, no entanto, que finalmente surge com uma amiga de uma das galerias superiores e acena, risonha, para os convidados que se aproximam do pé da escada para saudá-la.

Na avaliação de Guilhermina, a baronesa não devia ter mais de trinta anos. No auge da beleza, alta e esguia, trazia os cabelos negros rente aos ombros e descia os degraus com a graça de quem recorre momentaneamente aos pés para poupar um pouco as asas. Na trilha aberta pelo suave perfume dos cetins brancos da carruagem e com a impetuosidade de seus cascos árabes ainda fresca na memória, o jovem Maia Macedo mergulhara, naqueles poucos segundos em que a celestial imagem descera à terra, em uma vertigem de desejos tão fulminantes quanto surpreendentes, que se consolidariam, ao longo das horas seguintes, por força de uma descoberta adicional, tão perturbadora quanto inesperada: a baronesa mordia o lábio inferior a cada sorriso para ele, em um prelúdio sutil do que ainda poderia acontecer.

Anunciado o jantar, Maia Macedo flutuara para o assento que Maria Stella, com um gesto delicado de seu braço alvo, lhe indicava bem ao seu lado. E, enquanto seu paladar se abria para um primeiro gole de vinho tirado daquelas terras, seus sentidos, apesar de um pouco atropelados por emoções tão fortes, já vislumbravam outras colheitas. Sua viagem apenas começava.

Por força das distâncias geográficas, alguns daguerreótipos da vida do barão e da baronesa haviam deixado de constar do álbum de família dos parentes brasileiros. Segundo aqueles flagrantes coloridos, oralmente difundidos por camponeses e amigos do casal entre os vinhedos do castelo, o barão Raffaele dedicava seu tempo a caçadas, seguidas de intermináveis bebedeiras com jovens rapazes da região, enquanto a baronesa Maria Stella dava vazão a suas preferências, de caráter mais ortodoxo, em freqüentes viagens com amigos a Deauville e Marienbad, ou, quando em Sardone, em ceias íntimas, cujas versões, talvez embelezadas, deliciavam a burguesia local e escandalizavam o clero firmemente entrincheirado em um convento em frente ao castelo.

É certo que, apesar das diferenças de gostos e opções, o casal levava uma vida amena e sem tensões, tanto que, em seu mês e meio passado no castelo, Carlos Augusto respirara um ar de cumplicidade e bom humor a seu redor e só raramente surpreendera um olhar, ou um tom de voz, menos harmônico. Talvez por isso, seu ciúme nunca chegara a alçar vôo, pois não havia fio terra que pudesse ancorá-lo em uma realidade mais precisa. E, também por isso, sua paixão logo se estabilizara no patamar das emoções administráveis. O que não era pouca coisa, se considerarmos, por um lado, o final de século em que vivera sua aventura e, por outro, o fato de que só tinha vinte anos.

Na noite de sua chegada ao castelo, cerca de trinta convidados estavam presentes ao jantar; alguns, companheiros de caça do barão, outros, proprietários rurais ou negociantes de Sardone ou Nápoles em visita ao casal. Maia Macedo aproveitara a vizinhança da baronesa para registrar com elegância seu reconhecimento pela hospitalidade de que era alvo. Elogiara os aposentos a ele destinados e se detivera em considerações sobre o vale de vinhedos que se perdia de vista sob sua janela e cujos frutos agora erguia amavelmente à saúde do casal.

Apesar de inebriado pelo reencontro com o perfume que o acompanhava desde a manhã e pelos vinhos que umedeciam sua alma, soubera responder a todas as perguntas da baronesa com originalidade e discrição, sem desvios de olhar ou palavras em excesso. Conversavam em um francês meio cantado, que corria na família havia muitas gerações e que parecia querer reafirmar, também no plano da língua, os elos de parentesco que uniam pessoas bem-nascidas, ainda que circunstancialmente separadas por mares ou oceanos.

As perguntas da baronesa, que, meio século depois, Guilhermina rastrearia atentamente nos labirintos da memória do marido, versavam sobre o misterioso país que soubera seduzir e conquistar parcela tão ponderável da família. Demonstrara interesse pela saúde de D. Pedro, que conhecera em Paris, quando criança, em uma festa de família, preocupara-se com o andamento dos conflitos de fronteiras, cujos ecos amortecidos haviam chegado até Sardone, comentara as notícias mais recentes sobre a abolição da escravatura, declarando-se vagamente surpreendida com a demora do Brasil em libertar os seus escravos, traçara, a propósito, interessantes paralelos entre essas questões e os movimentos grevistas que lamentavelmente continuavam a agitar parte da Europa, e ouvira, com atenção, informações relacionadas à produção cafeeira nas terras da família.

Carlos Augusto também falara com animação de suas aventuras de viagem, do Rio de Janeiro a Lisboa em uma primeira etapa, de Sevilha a Nápoles em uma segunda. Contara sobre os cavalos que, após abrilhantarem os festejos da visita de algum xeque árabe à Espanha, regressavam agora a Alexandria, com uma escala em Nápoles e outra no Pireu. Explicara que, mal acomodados e nervosos no porão, haviam ameaçado, logo nas primeiras horas da viagem, destruir a coices as paredes de madeira da embarcação. E que, por ordens expressas do comandante, tinham então sido agrupados no convés, em um cercado improvisado entre dois mastros.

Dissera também que, ao entardecer, o alcatrão, a maresia e o estrume se misturavam ao leve aroma do narguilé que escapava de alguma escotilha sob seus pés. Tantas conversas tivera sobre desertos e pirâmides com os homens que se revezavam ao redor dos animais, que quisera, por um momento — felizmente superado —, seguir com eles até o Egito, na primeira escala de uma viagem ao fim do mundo.

Enquanto deslizava por aquelas águas perfumadas, a baronesa, que sabia viajar em um plano sem perder outros de vista, decidira que, com um mínimo de precauções objetivas e sem maiores desgastes para as partes envolvidas, um embrião de pequenos prazeres talvez pudesse ser extraído daquela perna afoita que, com crescente freqüência, se encostava rente a sua sob a toalha. E, após o jantar, tomara a iniciativa de improvisar um baile rústico, para ensinar ao visitante algumas das últimas contradanças em voga entre os camponeses da região. O primo não fizera feio e, entre as palmas e os alegres assovios dos presentes, demonstrara graça nos gestos e um bom humor de aluno novo. Demonstrara também, varando as sedas da baronesa ao sabor de acordes mais incisivos, que estava à altura das mais firmes expectativas de sua bela anfitriã.

Assim, no dia seguinte, em vez de acompanhar o barão Raffaele em uma primeira caçada — e o barão tivera a gentileza de se despedir dele com um pequeno sorriso e um quase imperceptível alçar de ombros —, Maia Macedo fora induzido a permanecer com a baronesa a passear pelo castelo, cujos encantos e surpresas tinham ido alegremente investigar na mais remota das masmorras. E, de segredo em segredo, Maria Stella guiara o primo até o mais central e perfumado de todos eles, recomendando-lhe, apenas, que deixasse as coisas acontecerem, como fizera até aqui em sua viagem, evitando complicar o que era simples.

A essa altura da narrativa, o comendador parara, o olhar distante pousado sobre o candelabro, cujas pequenas chamas, ao fundo da velha adega, tremulavam em sua memória satisfeita. Guilhermina, superpondo-se à imagem da baronesa, soltara então seus longos cabelos e, com movimentos lentos, quase ternos, desfizera-se de suas roupas, despindo também o velho marido, que amara sobre as três sacas de arroz. Estava às voltas com emoções misturadas e mal assimiladas, que iam de um ciúme triste do que era antigo a seu ódio de repente requentado. E chorava internamente, pois percebia com clareza que esses prazeres, resgatados das profundezas de um castelo, tinham-lhe sido escamoteados por mera estupidez. Com a idade, a bebida e a ignorância tola de quem recebera sua virgem em uma bandeja, o comendador fraudara Guilhermina do que ela agora supunha ser o seu tesouro mais precioso. Morreria, assim, não tanto pelo que fizera, mas pelo que deixara de fazer.

Sobre minhas almofadas indianas os dedos da bela Andrea se entreabrem lentamente e a taça vazia rola, de sua mão, até meus pés. Ainda às voltas com as proezas de sua jovem tia, Andrea adormecera em meu castelo.

5

Os longos cabelos de Guilhermina, de repente soltos na adega, haviam permanecido comigo noite adentro. A jovem mal tinha dezoito anos quando protagonizara aquele momento preciso de sua história e, supunha eu, não passaria de vinte e um quando lograra dar andamento a seu projeto. Aos vinte e dois já era uma viúva jovem e rica, solta em passeios pela Europa, sobrevoando de balão Fontainebleau, vivendo em Paris, visitando Istambul e Agadir com seu lote de amigos, amantes e outros prazeres. Até no castelo de Sardone (onde, cinqüenta anos antes, o marido vivera sua paixão) estivera, como convidada da baronesa Rinaldo di San Rufo aos festejos de suas noventa primaveras.

Com que corpos, rostos, e com que gestos havia cruzado aqueles espaços de sua adolescência e vida adulta? Que jeito tinha, que imagem projetava? Era bonita e tímida? Feia e sedutora? Sabia sorrir para si própria quando se sentia observada? O cavalheiro que, ao sair para o teatro, se aproximara de seus ombros para cobri-los com algum *vison*, soubera ver pelo espelho o que escondia aquele olhar?

Nisso pensava, enquanto Andrea começava a despertar entre as almofadas e o cobertor paterno que, à falta de alternativas, eu estendera sobre seu corpo adormecido. Há relações que se limitam a alguns gestos, de uma nobreza irritante, e nunca ultrapassam esse sublime patamar.

— *Nossa... dormi aqui...*

Levei-lhe um suco de laranja, com o sorriso modesto do ator que, no anúncio da TV, oferece um copo de leite à mulher que se espreguiça entre os lençóis, a memória ainda enroscada nos prazeres de mais uma noite memorável. Sentado a seu lado, permiti-me uma festinha em seu rosto, cumprimentei com olhos amigos meu caranguejo sempre azulado, perguntei se haviam dormido bem, e falei de meu desejo de aprofundar um pouco mais a sua história, que havia remoído durante a noite e que — quem sabe? — talvez rendesse um bom roteiro, a ser escrito com sua ajuda. Mas, expliquei, embora os fatos fossem reais — crimes friamente planejados haviam sido cometidos em todas as épocas, muitos sem deixar qualquer vestígio —, os protagonistas de sua história ainda emergiam de forma nebulosa, como personagens em palcos, e não pessoas de carne e osso em terra firme.

Para minha surpresa, Andrea mantinha-se muda. Olhava para mim como se estivesse me vendo pela primeira vez. Ao fim de algum tempo explicou, hesitando um pouco, que, para ela, as coisas haviam sido diferentes. Noite após noite, ao longo de suas inúmeras visitas ao sítio de Goiás, a tia, sentadinha em sua cadeira de balanço, um gato no colo, desfiara para ela cada uma de suas cenas, em seus mais íntimos detalhes. Como deixar de ver o que ouvia? Que interesse teria a tia, àquela altura da vida, já cansada e meio doente, em romancear a sua história?

De início, é bem verdade, achara difícil imaginar que, por trás das rugas da velha senhora, vivera um dia a jovem que, no Brasil dos anos trinta, tivera a coragem de executar um crime a frio, precedido de uma simulação de tantos anos, e sobreviver a tudo aquilo sem demonstrar ansiedade ou remorso. Chegara até a acreditar que a tia, durante o meio século em que a história hibernara em sua cabeça, alterara em parte os fatos — não para embelezar o que ocorrera e sim pelas misturas que a idade por vezes favorece. Afinal, se os *Contos da Carochinha* haviam estado na base de toda a saga, parecia razoável que Guilhermina, ao dar à luz sua história, recorresse a alguns cenários de sua fonte original e, como quem resgata uma boneca, fosse buscar no baú da infância um personagem mais vistoso.

Mas Andrea acabara embarcando em toda a história — cenários, personagens e figurinos incluídos — ao descobrir uma velha carta que, anos depois da morte do comendador, o primo e vizinho Flávio Eduardo escrevera a sua tia revelando as suspeitas que sempre alimentara — e que nunca trouxera a público. Naquela carta, a que a própria Guilhermina se referira mais de uma vez (sem, contudo, mostrá-la à sobrinha), Flávio Eduardo não fizera ameaças nem a julgara. Apenas dissecara em pormenores o que supunha haver acontecido e, dado o recado, se despedira — literalmente, pois morreria quase em seguida. E o texto, como um facho de luz inesperado que de repente vara a escuridão ao acaso, legitimara toda a história, dando tom de documento ao que, até então, tivera mais gosto de ficção.

Andrea encontrara a correspondência alguns meses após o enterro de Guilhermina, ao desocupar um velho armário antes de remetê-lo ao *Criado-Mudo* para atender a uma encomenda. Estava em uma caixa onde a tia aparentemente guardava documentos e algumas lembranças de infância, adolescência e vida adulta. Lera a carta, mas adiara a decisão de examinar aquelas relíquias mais a fundo, um pouco por respeito à tia, um pouco pelo pudor de haver duvidado de sua história. Quem sabe agora?

Uma caixa de lembranças?...

Era um domingo de céu azul e muito sol. Meus projetos pessoais de recém-chegado à capital abriam espaço em todas as direções. Enquanto preparávamos o café, indaguei um pouco mais sobre a valiosa caixa. Andrea sorriu e, girando a manivela imaginária com que os *cameramen* de antigamente rodavam seus dezoito quadros por segundo, propôs então que fôssemos passar um dia ou dois em seu sítio, onde poderíamos tomar banho de cachoeira e examinar as velhas lembranças.

Após uma parada em sua casa para um chuveiro, uma troca de roupa e um alpiste para os canários, tomamos o rumo de Pirenópolis. A estrada, ainda vazia àquela hora da manhã, era até bem-vinda após tantas semanas de simetria e concreto armado. Anos antes, eu fotografara Pirenópolis e sua Cavalhada para um jornal do Rio. Da Cavalhada restavam apenas algumas fotos de bêbados mascarados a correr, trôpegos, pelas ruas com suas garrafas vazias, e a memória de uma música compassada, hipnoticamente repetida noite adentro pelos alto-falantes da cidade. Algo mais havia acontecido naquele passeio, uma história de amor que prometi não revelar.

Chegamos em duas horas de viagem. O sítio, afunilado em um pequeno vale, estava hoje reduzido a dois ou três alqueires e, percebia-se claramente, já vivera épocas melhores. A casa, erguida entre uma horta e um caminho que serpenteava até a cachoeira, tinha suas paredes brancas manchadas de lama, com os batentes de algumas janelas pendendo das dobradiças. Faltavam telhas ao telhado, as calhas estavam meio enferrujadas e a balaustrada da varanda parecia inclinar-se sobre o pátio. Mas o interior, amplo e despojado, ainda conservava alguns vestígios do esmero com que havia sido concebido, do chão de pinho-de-riga das salas e aposentos aos desenhos talhados nas esquadrias das janelas, dos azulejos portugueses ainda presentes na cozinha às ferragens antigas dos banheiros.

Os caseiros e seus três filhos nos receberam entre latidos de cachorros e alguns patos em debandada. Dois ou três porcos chafurdavam alegremente em sua lama, ao lado de um cavalo magro que espantava moscas com o rabo. Diversas gaiolas com pássaros de cores e tamanhos variados pendiam da amendoeira em frente à casa. Do mais alto de seus galhos descia um balanço de cordas, ao final do qual, empoleirado, um galo observava severamente nossa chegada, sem suspeitar que, duas horas depois, exclamaríamos, em sua homenagem...

— Mas que delícia...
— Quem diria, o velho galo estava macio...

já de olho no doce de leite que despontava da cozinha. Nos bastidores, entre as memórias de um revigorante banho de cachoeira e as perspectivas de uma noite de rede sob um céu de estrelas, a caixa de Guilhermina aguardava os três toques solenes que anunciariam sua entrada em cena.

A caixa, na realidade uma chapeleira, ainda trazia em sua parte superior alguns pedaços de etiquetas nas quais pude adivinhar, mais do que ler, *Compagnie des Transports Maritimes* e, na parte lateral, *SS Manitoba*. Em seu interior, cuidadosamente amarradas por fitas de seda de cores variadas, demos com três pequenas pilhas de papéis e cartas, que separamos a um lado, e alguns envelopes pardos de tamanhos diversos, sem anotações externas. Segundo Andrea, que apenas manuseara a caixa uma vez, os envelopes continham de tudo um pouco, desde fotografias amareladas de sua infância ou de outras épocas a um cacho de cabelo, uma máscara negra toda puída, programas de teatro, velhos recibos de passagens, papel-moeda de países europeus e até receitas de doces italianos dos séculos XVII e XVIII.

Frente à chapeleira, eu agora hesitava em abrir os envelopes. Guilhermina e seu comendador corriam o risco de perder a liberdade com que vinham se movendo, para cima e para baixo, como notinhas de tempo e espaço na partitura da história, ora feios, ora bonitos, ora jovens, ora velhos, ora lendo, ora pensando, ora amando, ora morrendo. Estavam a ponto de ganhar imagens. E há perfis que melhor se preservam quando menos revelados.

A primeira foto sobre a qual nos debruçamos era de uma menina de uns três anos, de pé em uma vereda, algumas árvores ao fundo. Vestido comprido rente aos sapatos, mangas até os punhos, laços de fita rígidos na cintura e na cabeça, um pequeno aro na mão direita suspensa ao ar, a menina olhava diretamente para a câmara sem sorrir, a cabeça inclinada para baixo, o olhar, em ângulo, enviesado para cima. No verso da fotografia, em tinta marrom e letras góticas, uma inscrição: *Almoço na casa de Pedro Paulo de Moraes, 7 de junho de 1915.*

Aos três anos, Guilhermina já segurava seu pequeno aro de metal com a determinação de quem conhecia o valor de uma boa empunhadura. Seus pais, que onze anos depois a entregariam sem pestanejar a um homem no limiar do fim da vida, deviam estar de pé, acenando um pouco atrás do fotógrafo e seu tripé. Como seriam eles? Naquela visita a Pedro Paulo de Moraes, seu pai envergaria uma sobrecasaca?

Estava em mangas de camisa, sorriso aberto, e trazia a filha ao colo, sentado ele próprio em um banco de jardim. No verso, as mesmas indicações de data e local. Guilhermina olhava agora firmemente para o chão e estendia o braço para o pequeno aro caído aos pés do pai. Sua mão fora de foco estava cheia de vida entre os tons sépia do jardim. Dava para perceber sua tensão e, por pouco, escutar seus gritos.

Em outra imagem, a mãe. Usava chapéu, a clássica blusa rendada fechada até o pescoço, as mãos cruzadas sobre o colo, previsível em sua postura e seus anseios. Seus traços bem-comportados revelavam uma natureza disciplinada. Mas o olhar, que flutuava até a câmara com uma pitada de ironia, parecia ter vida própria. E quando, já de madrugada, demos com uma fotografia de Guilhermina no *Fouquet's*, entre cinco alegres homens de casaca, taças de champanhe erguidas em um brinde, acreditei recuperar, em seu sorriso, a semente daquele olhar de 1915.

— Esse aqui deve ser o seu avô.
— É mesmo... só pode ser... Nossa, meu avô... Oi, vovô...
— Vovô, cumprimente a netinha Andrea...

O menino obviamente detestava sua roupa de marinheiro. Por alguma razão o conjunto não lhe caía bem, talvez porque passara da idade. O tecido apertava seu corpo e ofendia sua pretensão a um traje mais adulto. Ainda assim, não deixava transparecer sua pequena mágoa e segurava com firmeza a mão da irmã, que, pela primeira vez, sorria para nós. Era um sorriso desdentado que não dava margem a qualquer dúvida: esse irmão mais velho era uma grande maravilha! E esses seus pais bonitos eram duas maravilhas! E a vida era um doce maior que o enorme pirulito caramelado oferecido à família que gritava seu nome por trás da câmara.

A família já não gritava. Ao contrário, sete casais olhavam agora com ar sério para mim, as mulheres serenamente sentadas sobre seus segredos bem guardados, os homens atrás, de pé, segurando suas palhetas, todos com bigodinho e o mesmo ar condescendente. No chão, entre primos de todas as idades, Guilhermina procurava seduzir, com seu pirulito já diminuto e seu sorriso escancarado, o impávido marujo a seu lado.

Havia ali trabalho para uma equipe de pesquisadores. Antes de prosseguir com as imagens, cedi à tentação de investigar um pouco o som, desfazendo cuidadosamente um dos pacotinhos de cartas. *Guilhermine, tes cheveux rouges me hantent...* Guilhermina, teus cabelos vermelhos (seria ruiva a tia-avó de Andrea? Surgia aqui uma pincelada de cor) *me enfeitiçam, mais, me perseguem, me enlouquecem.* A assinatura era de Paul Nat. O nome era vagamente familiar e me fazia pensar em um crítico que havia escrito um livro sobre Poulenc ou George Auric. Talvez fosse ele: mais adiante, a carta fala *do amigo Claude*, com quem acabara de almoçar e que passara a tarde comentando obras de Erik Satie. A carta nos mergulhava diretamente nos círculos musicais da Paris dos anos trinta. Guilhermina teria conhecido e freqüentado aquela gente?

Andrea recordava-se de que, com efeito, entre o balonista dinamarquês e uma figura misteriosa relacionada a um cabaré que se especializava em *strip-tease* de anãs, a tia havia mencionado um pianista, mas ela não registrara o nome, ou a tia não o dissera. *Por que não vieste ontem? A comida de domingo teria estado tão ruim assim? Guilhermina, que entrega é essa, logo seguida de ruptura? Por acaso estarias brincando comigo?* (Par hasard, te moquerais-tu de moi?) *Volta, pelo amor de todos os Deuses — inclusive os de teu país, de que me falas tanto, estranha terra de músicos, escravos, bruxas e gafanhotos...*

6

A noite já ia alta. Muitas fotografias antigas, acompanhadas de cartas, bilhetes, cartões e santinhos de primeira comunhão haviam desfilado sob nossos olhos, a princípio curiosos, depois atentos, finalmente surpresos. Andrea refazia, agora a meu lado, o caminho que, pela voz da tia, trilhara parcialmente em seus fins de semana naquele mesmo sítio. Fiel companheiro de viagem, eu reconstituía com ela algumas das etapas do percurso, resistindo heroicamente à tentação de dar movimento e vida própria às fotografias — resistindo, em suma, à tentação de fazer cinema.

Algumas fotografias sequer traziam indicações precisas em seu verso, eram como lembranças soltas, com personagens ou lugares desconhecidos, que tanto poderiam estar naquela como em qualquer outra chapeleira. O que fariam duas mulheres sobre elefantes? Quem seria o homem de branco ao lado delas? E o outro, remando em seu barquinho, de camiseta de manga curta e chapéu palheta? Quem era o jovem que, de costas, servia o vinho? E a mulher que, sentada na grama, ria para ele, atirando a cabeça para trás? E o bebê, erguido pelos braços de uma menina sentada em um balanço — a quem pertencera? E as cartas, que mal passavam de bilhetes, nas quais por vezes constava um nome, de pessoa ou de cidade, por vezes uma simples data — o que esconderiam? Apesar das limitações, era sedutor reconstituir, por nossa conta, um quebra-cabeça tão antigo, colando palavras a imagens, pequenos detalhes a personagens.

Em realidade, o material legado por Guilhermina não chegava a ser muito abundante, considerando-se a variedade de etapas percorridas em seus quase oitenta anos. Pouco havia, por exemplo, de sua infância e adolescência, e quase nada de seu primeiro casamento. Não havia nenhuma reprodução do comendador ou da fazenda em que o episódio-chave de sua vida se desenrolara. Seus tempos de Europa, em compensação, apareciam mais bem documentados. Era evidente que, a partir daquele ponto, ela finalmente chamara a si as rédeas de seu destino.

Ainda assim, aqueles anos em viagens revelavam clarões de meses inteiros, ou omitiam cidades que haviam merecido um simples parêntese em alguma carta sobre outro assunto. Como Agadir, citada a propósito de um explorador francês que conhecera ao regressar da cidadela proibida de Smara (e que iria morrer pouco depois de difteria), ou Istambul, onde um menu (em cujas margens era possível ler, escrito a lápis, *banquete oferecido por Edouard*) nos informava que a viajante havia iniciado seu jantar com *Perles de la Mer Noire sur Socle de*

Glace, tomando em seguida um *Potage de Tortue Claire* e, para acompanhar o prato principal (um pato cozinhado em ervas ao vapor), comera alguns *Tomates Clamart*.

    Como teriam sido preparados aqueles tomates? Temperados em alho, para contrastar com a delicadeza do pato no vapor? Que sabor teriam aqueles vinhos, um *Chablis Bougros 1917* e um *Charmes Chambertin 1921*? Alguém teria exclamado, como Baudelaire, que *a alma dos vinhos cantava nas garrafas*? Que importava, o cenário era Istambul, o ano, 1937, e provavelmente existira um terraço sobre o Bósforo com um luar nos minaretes. (Ou teria chovido torrencialmente?) E quem seria esse Edouard, com quem a jovem viúva compartilhara o delicioso jantar? Um cônsul honorário desincumbindo-se de alguma obrigação social a pedido de terceiros? Ou o dono do El Bolero, a quem Guilhermina se referira de modo críptico, ao mencionar para a sobrinha um pequeno momento de fraqueza?

    As quatro anãs eram bem verdes, havia dito Guilhermina com um suspiro entristecido, ao falar daquele personagem do *bas-fond* parisiense a quem cedera por capricho, em um trem entre Genebra e Milão. Eram verdes porque entravam em cena totalmente recobertas por folhas, que retiravam uma a uma sob as palmas ritmadas de uma platéia de casaca e vestidos longos, ao som das flautas de dois sátiros a saltitar em meio a sombras. Mas Guilhermina logo mudara de assunto, deixando no ar as quatro anãs com suas folhas. E, apesar de remexermos a chapeleira atrás de pistas, nada havíamos encontrado sobre aquela relação tão diferente, que começara em um *wagon-restaurant* sob o Simplon, para descarrilhar em alguma curva do trajeto e dar lugar a outras pessoas, outras cadências.

Já sobre Paul Nat, o pianista, era possível saber mais. E com ele, justamente, as coisas haviam principiado ao redor de uma cadência musical. O registro do encontro constava de uma carta em que ele próprio rememorava, com um carinho minucioso de adolescente, as pequenas frases rabiscadas, três anos antes, nas margens de um programa da *Salle Gaveau*, quando chamara a atenção de Guilhermina para o segundo movimento de um concerto de Mozart, que continha uma cadência *que fazia pensar no teu perfil de fogo e sonhos*. A ardente mensagem havia seguido dobrada no interior de uma caixinha de bombons. A que distância teriam sentado um do outro? Ele um pouco atrás, em diagonal, o olhar preso ao perfil de fogo da jovem desconhecida? Ela acompanhada por alguma amiga? Teria sorrido diante do atrevimento do estranho? Ou permanecera séria, sem se voltar na direção que a vendedora lhe indicava com um bocejo? Comera seus bombons? No intervalo do concerto, ele lhe oferecera uma taça de champanhe que, segundo a carta, ela aceitara. No entanto, três anos *cruéis e atrozmente intermináveis* haviam transcorrido até que, *naquela primeira tarde fulgurante de verão*, ele finalmente a reencontrara em Montparnasse, parada em frente a um desenho de Joan Miró, a dois passos do prédio onde vivia. *Extraordinária coincidência* — e mais extraordinário, para mim, imaginar desenhos de Miró na vitrine de uma pequena galeria, cujas paredes, quem sabe, também abrigassem telas de Braque ou de Matisse.

Haviam subido ao seu estúdio, *tout juste pour prendre un petit café*, ela hesitando, ele insistindo e, em lá chegando (afinal, fazia calor), haviam optado por um *Muscadet* quase gelado. Em homenagem ao reencontro, ele improvisara uma transcrição da bela cadência em seu piano, ela permanecera de pé, a observar o papel de parede em tons sombrios reproduzindo cenas de Watteau, depois apoiara o corpo na poltrona e, mais adiante, talvez à altura das *Trois pièces en forme de poire*, sentara-se a seu lado na banqueta, de olho em sua mão esquerda a deslizar pelo teclado, a direita de repente em seu joelho quente e, no parágrafo seguinte, os amantes já ressurgiam adormecidos no quarto ao lado, *a luz amarelada sobre tua pele branca, o pequeno vaso de papoulas entre os livros da estante, teus cabelos vermelhos contra os lençóis claros, como um Renoir.*

Como um Renoir... Uma outra imagem de verão fundia, logo em seguida, a alcova ao mar, que agora brilhava em nossas mãos. Na fotografia o casal aparecia, cabelos soltos, roupa de banho, toalha ao ombro, ternamente abraçado à beira d'água, com um sorriso radioso para *Monsieur Jean Lambert, Photographe*, que autografara seu trabalho com uma meticulosa pincelada branca ao pé da obra. Ao fundo, apenas visível sobre o mar, um pequeno hidravião.

Essa primeira imagem de Guilhermina adulta, senhora de si e de seu destino, evocava, para mim, seu sorriso de encanto por um certo marinheiro desaparecido em algum naufrágio de sua infância. Eram os mesmos olhos grandes de prazer, a mesma intensidade na alegria. Entre os flagrantes, um homem velho e perdido morrera de fome atrás das grades de um porão.

Daí, talvez, a sutileza a diferenciar o sorriso dela, bafejado pela vida, do de Paul Nat, que tangenciava a ingenuidade.

Nice, em plena luz de 1938, vivia seu último verão antes da guerra. No verso da cópia, Paul Nat tomara de empréstimo uma citação de Banville para expressar seu extremo encanto e alegria: *Nice, como tu, deusa viva e sorridente, saída de um jato de espuma sob um beijo de sol...*

Guilhermina parecia realmente saída de um jato de espuma. Antes mesmo de ver a imagem, eu notara o reflexo de sua beleza na expressão de Andrea, a foto nas mãos, quase surpresa. Havia ali, além dos olhos claros e dos cabelos ruivos cacheados, o porte de deusa viva e sorridente que o amante vira, mas não soubera preservar. Havia, sobretudo, uma tranqüilidade na conquista, no direito à vida e ao prazer, que emergia daquela praia ensolarada e prendia agora nosso olhar.

E não somente nosso olhar. Outros seres também se haviam deixado fascinar, como revelavam, em seguida, flagrantes de um passeio no Bois de Boulogne ou de um chá ao entardecer, em uma mesa no *Pré Catelan*. No *Bois*, três jovens senhoras, sob vento forte, agarravam alegremente os seus chapéus, e o que mais chamava a atenção naquele momento fugaz era o olhar de uma delas para Guilhermina, sobre quem também se concentrara toda a luz do fim da tarde. No *Pré Catelan*, quase em seguida (ou teria sido antes?), a mesma mulher já enlaçava a nossa deusa, cuja cabeça, ternamente inclinada para trás, sinalizava graça e abandono.

Sucedeu, então, o inesperado. Entre essas mulheres, capturadas em um instante preciso de seu passado, e nós que, meio século depois, observávamos como intrusos a vida alheia, duas folhas de papel amarelado haviam surgido de repente — desprendidas da cartolina que emoldurava aquelas cenas — e pousavam suavemente sobre a toalha a nossa frente.

Os papéis amarelados traziam gritos — e não palavras. E isso, após aqueles passeios entre sorrisos, nos tomava de assalto. Relemos os curtos textos, atordoados pela indignação tão repentina. Guilhermina, ainda envolta em seu manto esplendoroso de jovem deusa, nos revelaria aqui dois pés de barro em carne viva? Andrea, a meu lado, empalidecera.

O primeiro dos bilhetes a emergir era um disparo: *Ce soir je t'ai mille fois fouétée en mon imagination, sale petite garce!** Guilhermina, talvez anos depois, grampeara a estranha mensagem a um recorte de jornal. O recorte, de 23 de outubro de 1937, trazia, ao lado de curto texto, a fotografia granulada da mesma mulher que, em outro dia e outra estampa, a enlaçara com ternura. Seu nome era Marie-France Jocelin. A bela jovem merecia as honras do jornal porque um estabelecimento de sua propriedade havia sido interditado pela polícia. A acusação: exploração de menores.

Dizia o texto que, entre outras perversões, alguns clientes, despidos e amarrados a pequenos postes verticais fincados frente à platéia, haviam sido chicoteados por crianças seminuas. A proprietária reconhecia que a situação de vistos de alguns dos artistas por ela trazidos da Itália estava, de fato, irregular, mas alegava, em sua defesa, que fora por eles enganada quanto à

---
*Esta noite eu te chicoteei mil vezes em minha imaginação, sua cadela sem-vergonha!

idade. No que dizia respeito às chicotadas, afirmava (com um provável alçar de ombros) que seus clientes sabiam muito bem o que faziam. E acrescentava que o próprio *Préfet de Police* havia jantado em seu cabaré mais de uma vez, sem maiores queixas sobre o espetáculo ou a comida. Duas linhas mais adiante, o *Préfet*, consultado, desmentia com veemência.

A fotografia que ilustrava o desagradável *fait divers* fora tirada em ocasião mais festiva, provavelmente em alguma estréia. Nela, uma Marie-France bem sorridente agradecia as homenagens de uma platéia invisível, em uma pose tão jovial quanto informal, o corpo ligeiramente inclinado para a frente, as mãos sobre as coxas firmes e entreabertas, quatro meninas nuas dois passos atrás, acenando para o público. *Quatro meninas nuas?* Por granulada que fosse a imagem, não eram meninas, eram as anãs: *as quatro anãs verdes*. O recorte confirmava: o nome do estabelecimento era El Bolero. Então o encontro no trem?

Assim, naquela viagem de Genebra a Milão, duas mulheres, enternecidas por alguma mútua descoberta, haviam se abraçado sob o Simplon. E o trem, ao sair do túnel, tomara o único rumo possível em viagens daquele tipo, o de uma montanha-russa de emoções. Como prova, os bilhetes agora descobertos: nenhum ódio ou humilhação tão intensos poderiam ter nascido de meias carícias, ou meias entregas. Não, naquele trem ocorrera um tudo ou nada. Aquela havia sido uma noite de champanhe, apitos, luzes, sombras, curvas súbitas entre lençóis — e muita fumaça.

Mas, tão evidente quanto a paixão, a destruição. E algo de muito destrutivo havia certamente sucedido, quem sabe semanas, meses ou anos depois, tanto que a amante ensangüentada procurava agora, em seu bilhete frio e cortante, fustigar Guilhermina com sua frustração e seu ciúme. E clamava aos céus: *Ce soir*...

A violência das palavras, a alusão à ameaça física, a feroz intimidade desse *sale petite garce* contrastavam com a pureza de traços daquelas mulheres e a delicadeza dos gestos que haviam ficado nas imagens agora em nossas mãos. Para nós, que nos ocupávamos mais especialmente de Guilhermina e de sua trajetória, essas descobertas constituíam um marco surpreendente na longa estrada que serpenteara entre Barra Mansa e Pirenópolis, com escalas em Paris e Agadir. (Por uma coincidência curiosa, a título de contraponto, o verso do recorte trazia uma Greta Garbo cortada ao meio, com a notícia de seu desembarque em Paris para a estréia de A *dama das camélias*.)

Sobre a mesa, o outro bilhete ainda aguardava. Aqui, as frases, como correntes elétricas de repente invertidas, pareciam querer alterar os pólos de sofrimento e humilhação. Marie-France, antes desesperada, condenava agora Guilhermina, de forma peremptória, ao mais absoluto dos ostracismos: *Não adianta suplicar, tiveste tua chance, não terás outra, mata-te se quiseres* (celà ne m'empêchera pas de remonter sur scène*), *ou cede a esses homens que te seguem como se estivesses no cio. Parto hoje para Sologne, depois para*

---

*Isso não me impedirá de subir no palco.

Agadir. Volta para teu país, de onde diabo algum deveria ter-te feito sair. Ou vai para o inferno. Mas me deixa em paz. M.

Fim de linha e de relação, vagões descarrilhados. Fim de registro de uma história que se resumira a dois bilhetes e três imagens, com direito a meia Greta Garbo.

Por isso, então, Guilhermina seguira até Agadir. Para tentar inutilmente reencontrar aquela mulher, com seus chicotes, suas anãs verdes, suas coxas firmes e entreabertas, seus prazeres inesperados. Mas lá, nada encontrara — como a chapeleira infelizmente confirmava —, além de um explorador francês obcecado por uma misteriosa cidadela. (Teria voado para o Marrocos naquele hidravião pousado em outro mar de sua história?)

7

Com base no que havíamos descoberto até aqui na chapeleira, já era possível reconstituir, em linhas mais gerais, a trajetória de Guilhermina em seus quatro anos de viagens em terras européias. Uma referência em alguma carta havia, inclusive, esclarecido um dos mistérios, que a mim interessavam pelo lado documental de sua história. Afinal, eu me perguntava a cada nova pirueta da jovem tia, que personagem era aquela a circular solta no eixo Paris—Agadir entre aristocratas, artistas e cafetinas de anãs verdes? Que chaves teriam aberto tantas portas, em tantos lugares, em tão curto tempo?

Sim, porque se alguns dos encontros, como o de Paul Nat, de Marie-France, ou de um misterioso telegrafista chamado Etienne, haviam ocorrido por mero acaso, outros, como revelava aos poucos a chapeleira, pareciam mais ordenados, como se pertencessem a um mesmo círculo de relações. Todos eles, de qualquer forma, independentemente de sua origem ou qualidade, pressupunham uma familiaridade com cidades e costumes que dificilmente uma estrangeira, em sua primeira viagem ao exterior, adquiriria sem ajuda. Ainda mais sendo tão jovem e originária de um país perdido, ele próprio, na mais longínqua das periferias.

Na realidade, a explicação era simples e fazia algum sentido. Guilhermina recebera um cartão de pêsames do tronco europeu da família Maia Macedo — à qual ela agora, afinal, também pertencia. E, passado o período sacramental de luto, tomara a decisão de viajar e visitar aquele ramo da família, conhecendo, assim, um mundo que, até então, só captara por meio de livros ou de revistas.

Tomara, sobretudo, a decisão de escapar de uma fazenda que, de repente, a oprimia. Sem consultar ninguém (estava rompida havia anos com seus pais e seu único irmão), escrevera então a alguns desses seus primos, os Gervoise-Boileau, que a haviam acolhido em Paris — da mesma forma que, meio século antes deles, e do outro lado dos Apeninos, os também primos di San Rufo haviam recebido seu marido no castelo de Sardone.

No *hôtel particulier* dos Gervoise-Boileau, por conseguinte, Guilhermina se hospedara por uns dois meses, e na casa de campo da família, situada na Normandia, permanecera uns quinze dias, cercada pelas atenções devidas a uma prima que enviuvara ainda jovem e que, detalhe sempre apreciado entre os mais favorecidos pela sorte, dispunha de uma fortuna suficientemente confortável para cuidar de seu destino e, até, para se permitir alguns gestos mais ousados. (Ela presenteara o aristocrata dinamarquês empobrecido, que conhecera em um jantar de família, com o balão em que, mais adiante, ele flutuaria para fora de sua vida, um gesto que lhe custara uma soma nada desprezível. Em outra ocasião, comprara, de um remoto contraparente, um cavalo de corridas que chegara a disputar, sem qualquer destaque, alguns obscuros páreos em Auteuil, antes de morrer, vítima de surpreendentes febres.)

Era curioso observar, no entanto, que se aquela sociedade mais rarefeita havia dado origem a determinados contatos e relações, em geral interessantes, todo o acervo restante de pessoas, ao redor do qual Guilhermina gravitara naqueles quatro anos, parecia haver brotado diretamente das próprias ruas, em encontros sempre fortuitos. Era como se ela prolongasse, agora em suas andanças pela Europa, as mesmas divisões à sombra das quais crescera em seus tempos não tão distantes de fazenda. Guilhermina continuava, assim, circulando em seus dois mundos, passando da luz à sombra com a velocidade com que transitara antes, em suas leituras, de um livro a outro.

Esses livros, que devorara na adolescência e que hoje lia com a mesma intensidade — seu único elo mais contínuo com o passado —, explicavam, também, outro mistério: o de seu entrosamento quase instantâneo com os novos amigos ou parceiros. Não por acaso Paul Nat descobrira, um tanto surpreso, que, excetuados alguns autores mais recentes (Apollinaire e Eluard entre eles), Guilhermina havia lido um arsenal de livros que não ficavam muito distantes, em qualidade e quantidade, do seu próprio. E não só isso, mantivera-se igualmente, por obra e graça das revistas do primo Flávio Eduardo, a par das principais tendências de sua época, no campo da música, das artes plásticas e da moda.

Vestia-se com elegância e discrição, como atestavam as imagens dela que agora passavam por nossas mãos, e parecia haver podido conversar, de forma amena e civilizada — e em um francês até correto — sobre um amplo leque de assuntos. O que já era muito, se considerarmos sua trajetória. Seus parentes europeus mal haviam, inclusive, disfarçado o alívio experimentado ao vê-la, em sua noite de estréia no *hôtel particulier*, sentada à mesa, corretamente trajada, a destrinchar um faisão com evidente desenvoltura. E qualquer pequena lacuna que porventura ainda pudesse aflorar de sua pessoa era imediatamente perdoada e absorvida em função de sua graça e jovem beleza, que logo haviam seduzido parentes, amigos e criadagem. *La petite brésilienne est tout à fait bien*, haviam logo diagnosticado os empregados, um aval que a credenciara, como nenhum outro naquele meio, a assumir seu lugar à mesa, ao sol — e sob os lençóis de um dos primos, que nunca sonhara aprender tanto em tão pouco tempo. *Elle est formidable*, diziam uns, *délicieuse*, afirmavam outros, encantados, segundo a ótica, com aspectos bem específicos de sua personalidade ou anatomia.

Essas conquistas, nos mais variados planos, ela devia a seu talento e a sua audácia — mas também, em boa parte, a Dr. Flávio Eduardo, em cujos óculos de fundo de garrafa, durante sete anos decisivos, brilhara a estrela vital do grande mestre. Bem mais adiante, na velhice, ela se sentiria, inclusive, reconfortada pela idéia de que ele havia sido o único a saber que a morte do primo e amigo nada tivera de natural. Parecia-lhe justo que um dos principais responsáveis por sua formação, como personagem, tivesse decifrado a cena culminante de sua carreira. Sobretudo se, como era o caso, nela desempenhara, ele próprio, um papel de algum destaque.

E, precisamente, Andrea reencontrava agora, no topo de uma das pequenas pilhas a nossa frente, a carta em que Flávio Eduardo havia exposto à prima suas descobertas. *Estimada prima*, principiara ele quase meio século antes. A letra, uniforme e tranqüila, era ovalada e ligeiramente inclinada para a direita. A tinta negra fora aplicada sobre um papel claro, que já trazia perceptíveis manchas de um mofo amarelado. O texto, leve o suficiente para parecer espontâneo, havia com certeza sido objeto de muita elaboração. Em suas quinze páginas, Flávio Eduardo havia tratado de seu tema com a precisão de um médico cirurgião, a elegante perspicácia de um detetive desinteressado, a graça de um cenógrafo com bom olho para o detalhe — tudo isso sem omitir momentos de emoção genuína.

Barra Mansa, 13 de novembro de 1939

Estimada prima,
Melhor do que ninguém, você saberá entender as razões de meu afastamento desde sua volta da Europa. Quando a acompanhei ao cais do porto, já lá se vão cinco anos, você estranhou o meu silêncio. Prometi que, um dia, talvez ao seu regresso, lhe falaria do que me passava então pela cabeça. De certa forma, o que tenho a lhe dizer é coisa simples — simples de dizer, embora o fato em si não o seja. Muitos talvez o qualificassem até de monstruoso, não sei se com

razão — e a rigor nem interessa. O fato é que — e perdoe a maneira sem-cerimônia com que agora entro no assunto — estou pessoalmente convencido de que Carlos Augusto não morreu, como se costuma dizer em nossas paragens, de morte morrida e natural. Pelo contrário.

Note bem que não digo "o pobre Carlos Augusto". Conhecendo-a como conheço, sei que a jovem prima não teria mobilizado tanta energia — em um empreendimento, em si mesmo, condenável aos olhos de Deus e dos homens — se não tivesse suas razões. Não julgo, por conseguinte, a decisão.

Como médico, você recorda — você previu —, coube a mim examinar Carlos Augusto na adega. A parada cardíaca parecia evidente. A extrema palidez, magreza e aparência de abandono surpreendentes. O que mais me chamou a atenção, contudo, a ponto de a lembrança permanecer comigo ao longo de todos esses anos, foi o punho direito dele absurdamente fechado e rígido. Você recordará que, ao lavá-lo antes de vesti-lo, por pouco quebrei um de seus dedos na tentativa de abri-lo. Você se afastara em busca de uma segunda bacia d'água, quando finalmente entreabri a mão. E sabe o que encontrei? Um pequeno tufo de cabelos ruivos, que agora lhe restituo.

São seus, é claro. Guarde-os com carinho, pois me fizeram boa companhia nestes últimos cinco anos. Representam, para você, uma lembrança do passado — e, para mim, um derradeiro recado do amigo. Homem algum morre com um tufo de cabelos preso à mão sem que para isso haja motivo.

Naquela noite, vestido Carlos Augusto, por pouco coloquei aqueles cabelos no pequeno bolso de seu paletó escuro, por trás do lenço branco. Mas preferi recolhê-los a minha pasta, em um gesto que representava uma espécie de compromisso mínimo, o de pelo menos continuar pensando no assunto. Pois a situação era bem clara: ou questionava sua morte naquele preciso instante, ou me calava para sempre.

Qual teria sido a vontade de Carlos Augusto? Denunciar você, ao que parece. Mas em que nível e com que tipo de conseqüência? Uma denúncia policial que envolvesse a família em um escândalo? Ou uma carta que, um dia, talvez anos depois, dissesse: veja, devolvo aqui os seus cabelos? Afinal, o que ocorrera? Uma briga de casal? Lugar estranho para uma briga, sobretudo para um homem supostamente recém-saído de seu quarto após dias de febre e prostração.

Era preciso saber. Assim, nos meses que se seguiram, retirei inúmeras vezes os seus cabelos do envelope em que os guardara, como que a buscar inspiração para reconstituir toda uma história. Naquele dia no cais do porto, romântico incurável que sou, eu os trazia em meu bolso. E foi justo a partir de sua viagem que me animei a retomar o assunto mais a fundo.

Como você própria me pedira, retornei à velha casa repetidamente em sua ausência. E, a pretexto de pôr um olho nos negócios da fazenda, em declínio acentuado apesar de meus esforços, conversei com pessoas, do capataz Menezes aos irmãos del Vecchio, passando, é claro, por Teresa e Joaquim. Refiz trajetos, imaginei situações — confesso-lhe mesmo que, certa vez, sentado nos últimos degraus da escada que baixava até a adega, limpando com um lenço aqueles velhos óculos seus conhecidos, cheguei a ouvir estranhas gargalhadas, como se por lá tivessem ficado, meio encantadas.

Sou um homem velho, doente há muitos anos, e não quero em absoluto lhe fazer mal. Por isso, antecipo o desfecho desta carta. Não ocorrerão denúncias nem escândalos. Seu próximo casamento com o fidalgo português, de quem me falam bem, não está ameaçado. O que importa, para mim, é que você receba seus cabelos sãos e salvos.

Carlos Augusto morreu ao final do feriado da Semana Santa, segundo consta após uma forte gripe que o mantivera imobilizado em sua cama. Imobilizado e isolado. Morreu, no entanto, e estranhamente, em uma adega vazia. Você me contou, em lágrimas, que ele quisera, logo em sua primeira saída, inspecionar seus trabalhos de reforma da adega. Por coincidência ou não, a fazenda estivera, naqueles dias, com suas atividades praticamente interrompidas, não somente pelo feriado como pela iminente chegada de algumas máquinas recém-importadas da Europa. Recorda-se? Em casa, a cuidar de vocês, apenas dois criados, Teresa e Joaquim, com quem tive o prazer de conversar, mais especificamente, sobre o zelo demonstrado por você ao acompanhar, de perto, aquela gripe tão severa.

A prima ficaria surpresa com a quantidade de pequenos detalhes que esses criados observaram durante aquela Semana Santa, sem se dar conta, nem de longe, do quadro em seu conjunto. Era como se dois fiéis, presentes à cena do Calvário, falassem de pregos, cruzes, sandálias, coroas de espinhos, gotas de sangue, túnicas romanas, trovões, lanças — e em momento algum se referissem à crucificação. Mas as vinhetas com que os criados me honraram não foram por isso menos preciosas. Em homenagem a você e a Carlos Augusto, procurei reuni-las da maneira mais harmoniosa possível.

Se, por mera analogia, tivesse que aproximar essa empreitada de alguma arte, diria que passei minhas tardes a fazer colagens, como uma criança que descobre os prazeres de manipular com liberdade goma arábica, tesoura, água e papel.

E assim, com a paciência de quem passara não tardes, mas quatro a cinco anos a esmiuçar um minúsculo fragmento de história, Flávio Eduardo entrevistara coadjuvantes, revira locações, apalpara objetos, lera e relera velhas cartas e recibos, reconstituíra passos e conversas, sentara-se horas a meditar — e presenteara Guilhermina com sua versão daqueles remotos dias de outono na fazenda, quando, após sete anos de espera, e sabendo chegado seu momento, ela finalmente fizera o velho marido descer até a adega, dando início a sua viagem rumo ao inferno.

A carta de Flávio Eduardo funcionava como uma espécie de contraponto para a versão oral que a própria Guilhermina deixara, em custódia, com a sobrinha. Em comparação, a carta era bem mais precisa. Apesar dos cuidados tomados para evitar um tom acusatório, vinha marcada pela necessidade de comprovar uma teoria — daí sua quase obsessão por detalhes os mais variados, muitos deles completamente inúteis. Chegava a descrever a cor das xícaras nas quais o casal, antes da gripe repentina, tomara um chá, ou o número de panelas de água quente subidas para algum banho ao amanhecer. Fizera o empregado Joaquim lembrar-se da posição exata em que dormira um gato, ou de uma mordida dada em um resto de torrada. Da cozinheira Teresa, além de detalhes de toda ordem, extraíra também cheiros, cores e sons.

A versão de Andrea, em compensação, ainda que menos objetiva, era mais leve, mais descontraída — e, de certa forma, mais agradável. Registrava a divertida aposta feita com Teresa, que, depois de bater colheres em uma panela, se esgoelara do fundo da adega, sem que Guilhermina, uma vez fechadas as duas portas que separavam a sala dos porões, realmente ouvisse o menor som em ponto algum da casa. Falava da roupa clara que ela escolhera com carinho naquela manhã de outono, do chapéu de palha que havia adornado sua cabeça, do beijo na testa com que, chegado o momento de baixar, despertara o marido adormecido na varanda em frente ao pomar. Era um depoimento que deixava entrever, por mil detalhes, o santo prazer de uma mulher no limiar de seu destino.

Ao dissecar as mesmas cenas, Flávio Eduardo eliminara os meios-tons de alegria e delicadeza, de modo a adequá-las a dimensões mais objetivas. Traçara, assim, uma linha reta, por vezes fria e até sombria, entre a armadilha e o estupor, sem perceber que o percurso fora antes sinuoso, ensolarado, dando margem a alguns momentos de carinho e bom humor — temperados, é bem verdade, com sustos e surpresas.

Guilhermina havia, por exemplo, contado a Andrea que seu marido, descobrindo-se encurralado, passara um longo minuto rindo loucamente, enquanto sacudia as grades, o que a levara a rir também, como não ria desde seus bons tempos de criança. E que, por um momento, haviam então soltado incríveis gargalhadas, ele sacudindo as correntes e cadeados, ela dobrada em contorções, agitando o molho de chaves em suas mãos, a poucos passos um do outro, separados pelas barras de ferro — até que ele saltara sobre ela como um tigre e por pouco prendera sua cabeça entre as grades. Assustada e ofegante, apoiando-se contra a parede, a mão nos cabelos de repente desgrenhados, as chaves caídas ao chão, ela então se dera conta de que, mais do que barras, o que os separava de verdade eram os papéis muito precisos que aquela cena reservara a cada um: cabia a ele morrer — e a ela matar. Um erro da parte dela e os papéis se inverteriam.

Descontadas essas pequenas diferenças, de forma mais que de conteúdo, era possível perceber que, como linhas harmônicas costurando uma mesma melodia, as duas versões se complementavam no essencial, permitindo que, do confronto, emergisse um quadro provavelmente fiel ao que acontecera naqueles dias de prazer e agonia. A própria Guilhermina, ao comentar a carta de Flávio Eduardo, legitimara seu conteúdo — é bem verdade que com uma curiosa restrição. No tom do catedrático que reconhece méritos no trabalho de um assistente, dissera que as imagens estavam corretas, mas que pareciam contar a história do ponto de vista do marido. Guilhermina se preocupara menos com o conteúdo da carta que com a perspectiva do narrador, que a olhara severamente e sempre de frente. E, de fato, ao reler eu próprio aquela carta, dei-me conta de que a figura do marido quase não emergia com destaque. As palavras, ao contrário, enquadravam sempre ela, como agente singular daquela saga. E é normal que assim fosse, pois Flávio Eduardo ignorava os antecedentes da história.

Assim, o que tínhamos em mãos era, por um lado, a versão de Guilhermina, vibrante e colorida, com o marido iluminado pela luz do sol ou envolto em sombras sugestivas — e, por outro, pela boca de Flávio Eduardo, a do comendador, em preto-e-branco, com a mulher alçada a um primeiro plano de tons mais sóbrios. Restava-nos, assim, o privilégio, tentador mas arriscado, de fundir cores, planos e interpretações em uma cena conclusiva.

Mas era tarde. Fomos dormir. Em redes separadas, naturalmente, pois essa parecia ser a minha sina. Quanto mais agitada a vida da jovem tia, mais casta a da sobrinha e, por extensão, a minha.

8

Final de tarde ensolarada. O comendador Maia Macedo faz sua sesta numa das cadeiras de balanço da varanda, em frente ao pomar. Sonha. Mais adiante, em uma das fases de sua agonia, falará do sonho a Guilhermina. Apesar da temperatura amena, um cobertor cobre seu colo e um agasalho os ombros. No chão, ao lado da cadeira, uma revista e algumas cartas vindas do exterior.

O volume de correspondência recebida pelo comendador é geralmente mínimo, o que o leva às vezes a adiar, por um dia ou dois, a abertura de cartas, de modo a prolongar o prazer que separa recebimento e leitura. Naquela tarde, porém, abrira o correio enquanto tomava chá com Guilhermina, pois sabia tratar-se de coisas da fazenda, matéria em que vinha procurando interessar a jovem esposa. Juntos haviam comentado o conteúdo das mensagens com o capataz Menezes que, de pé, chapéu na mão, se despedia do casal, pois passaria os feriados santificados na casa de uma irmã em Barra Mansa, com a mulher, as três filhas e os sobrinhos.

As cartas traziam cópias da documentação necessária ao desembarque de duas máquinas recém-importadas de Liverpool para secar e selecionar grãos de café. Na realidade, os originais dos documentos haviam sido recebidos e processados na alfândega do Rio de Janeiro algumas semanas antes. As máquinas já estavam, inclusive, a caminho da fazenda, e se incorporariam à rotina da colheita nos primeiros dias do mês de junho.

O capataz aproveitara para transmitir à patroa os agradecimentos do pessoal da lavoura pelos dias de descanso. Na seqüência da conversa, Guilhermina tentara trocar idéias com o marido sobre a construção de uma escola para os filhos dos lavradores, na divisa com as terras do primo Flávio Eduardo. Como era de seu hábito quando a conversa tangenciava temas mais sociais, o comendador mastigara suas torradas em silêncio.

Guilhermina se retirara após o chá. Menezes lembrara então ao comendador que os irmãos del Vecchio se revezariam na estrebaria, ficando a postos no feriado, em caso de necessidade. Os suprimentos recebidos da cidade naquela manhã haviam sido conferidos pessoalmente por Dona Guilhermina, que também supervisionara sua distribuição nas novas prateleiras do porão. O trabalho de remoção das últimas garrafas da adega já terminara, estando o local vazio e pronto para as reformas acertadas. Um total de cento e setenta e sete vinhos e licores variados tinha sido acomodado nos armários da despensa da cozinha, apesar do mau humor de Teresa, que não se conformava em ver seus domínios tão invadidos. O comendador rira de Teresa com Menezes. No traslado escada acima, duas garrafas haviam escapulido das mãos de Joaquim. Maia Macedo dera de ombros.

O capataz, já descendo os degraus que levavam ao pátio, reiterara suas reservas quanto à escolha da antiga adega como depósito de peças sobressalentes para as máquinas recém-compradas. Os pequenos furtos ultimamente registrados na fazenda não justificavam, a seu ver, a escolha de um local de tão difícil acesso. O comendador relembrara então, com um suspiro, as recentes restrições de seu médico à bebida. O que fazer, agora, de uma adega? E por que não aceitar a sugestão de sua mulher, cujo interesse por coisas da fazenda, além do mais, convinha estimular? Se a idéia não desse certo, voltava-se atrás. A minutos de seu descanso, Menezes não insistira e, três ou quatro frases depois, se despedira.

O comendador continua sonhando. Uma leve brisa empurra agora um dos envelopes vazios para o interior da sala, onde Joaquim, ajoelhado sobre as pranchas enceradas do assoalho, lustra uma cômoda com afinco. Deitado em um canto do tapete, um dos gatos de Guilhermina ergue a cabeça e acompanha o envelope, que desliza sob seus olhos até topar com a lata de cera. Joaquim observa os belos selos com imagens alaranjadas e azuladas da rainha Vitória de perfil, e repara nos carimbos do mês anterior, março. Março de 1933. Caminha até a varanda, coloca o envelope junto aos papéis, e sobre eles a revista. Aproveita para retirar a bandeja pousada no banco entre as cadeiras e devolve à cozinha as duas xícaras de porcelana cor de marfim, mastigando, no trajeto, um último pedaço de torrada salpicada com queijo ralado. O gato volta a dormir.

Na cozinha, Joaquim pousa a bandeja sobre a pesada mesa de pinho, na qual um frango depenado tem seu ventre remexido pelos dedos de Teresa, que dele extrai tripas amarelas, observadas atentamente pelos outros dois gatos. Os passos da patroa, no andar de cima, ecoam de um lado a outro há algum tempo. A empregada registra o ruído no limiar da desatenção, como quem lida com algo familiar, mas fora de hora ou de contexto. É que Dona Guilhermina, em geral, não se agita tanto durante as tardes. Só muito depois, pressionada por Flávio Eduardo, reconhecerá, entre risinhos, o pensamento malicioso que agora lhe passa pela cabeça: agitação em fim de tarde, coisa de mulher nova casada com homem velho.

Guilhermina pára frente à janela e observa as plantações de café, que se perdem em ondulações até a linha do horizonte. A essa hora da tarde, seu quarto recebe a brisa do poente. É o momento em que, acionada pelo rumor distante das conversas dos lavradores que regressam a seus casebres, ela geralmente fecha o livro e desce para acompanhar o andamento do jantar.

Guilhermina tem a sensação de que os lavradores cruzam hoje, pela última vez, o espaço de sua janela. Na realidade, continuarão cruzando por anos a fio, e seus filhos e netos depois deles: não mudarão os lavradores, mudará ela. Sobre a cômoda ao lado, um espelho reflete sua imagem de perfil, o olhar atento à paisagem em frente, a mente concentrada em um ponto específico. Guilhermina pensa em uma torta de maçãs.

Algum tempo terá passado. Na varanda, o comendador inclina a cabeça sobre o peito, a cabeleira branca tremulando com a brisa. Ressona levemente. Apesar da idade, que o fragilizou um pouco, permanece um homem corpulento e forte. O gato salta de repente sobre seu colo. O comendador abre os olhos, assustado. Guilhermina beija sua testa. Teresa e Joaquim cruzam o pátio rumo ao pomar, cesta nos braços, escada no ombro. Ainda em Sardone, o comendador acaba de se despedir do barão di San Rufo, que parte rumo às caçadas, e dá confusamente a mão a Maria Stella, que quer levá-lo à mais secreta das masmorras. A voz de sua mulher chega a seus ouvidos como um eco suave a repetir:

— ...inspecionar a nossa adega?...

...Maria Stella, o seu perfume, a sua tranqüilidade ao me despir e ao me olhar de alto a baixo. A mão solta sobre meu corpo...

— Carlos, venha ver os meus progressos.

Progressos. De que adiantam, se já me encontro no fim da vida? O sol se foi. Mais uma hora, pelo menos mais uma hora até o jantar.

— O que há para jantar?

Ele só pensa em comida. Da manhã à noite, ele agora só pensa em comida. Foge dos banhos, não muda a roupa, não faz a barba, café, almoço, jantar, café, almoço, jantar... Corta a carne em mil pedaços, lentamente, em mil pedaços...

— Empadão de galinha com arroz. Uma salada de alface. Não sei se fiz bem, mas pus um vinho branco a refrescar. Teresa vai fazer uma torta de maçãs. *É agora ou nunca. E nossa adega?*

— Filha, deixe para amanhã. *Ela fica bem de roupa clara e de chapéu (por que o chapéu?). Como é bonita minha mulher.* Dr. Geraldo ficou de passar na terça-feira. Quem vai negociar com o banco daqui em diante é você. *Como estou velho. Tudo me dói... Torta de maçã...* Tenho que rever as contas com você. Aqui estão as cópias dos recibos da Inglaterra. Guarde na tal pasta. *O Menezes tem razão, esse porão fica no inferno. Paciência, no fundo tanto faz.*

— Você pede as coisas, eu faço, depois você não liga. Ou não agüenta mais descer escada? *Eles já estão há dois minutos no pomar.*

— Tire o gato do meu colo. Cuidado com as garras na camisa, Guilhermina! *Maria Stella sobre o meu corpo — minhas costas contra o chão úmido e gelado. Um sonho, meu peito todo arranhado...*

A escada que descia até a adega contava agora com luz elétrica. Molemente, esticando as pernas a espreguiçar-se, o gato acompanhara o casal até o topo da escada — mas Guilhermina o enxotara com um discreto pontapé e fechara a porta em seu focinho. Teresa, ao regressar com sua cesta, parara um instante na sala para deixar algumas maçãs na fruteira sobre a cômoda. E recordava-se de ter visto o gato, imóvel contra a porta que levava à adega, como a aguardar. Notara o chapéu, esquecido sobre o sofá de veludo azul.

Registrara, também, o cheiro de cera no ar. Mas não pudera afirmar se o comendador continuava ou não em sua varanda: pelo perfume que saía da cozinha, seu empadão parecia a ponto de queimar.

As cascas de suas maçãs já começavam a se soltar na água quente quando a patroa irrompera cozinha adentro para retirar uma bandeja do armário — e espatifara um copo no chão. Comunicara que o comendador não se sentia nada bem. Por isso recolhera-se aos seus aposentos, onde jantaria naquela noite. Teresa, catando os cacos de joelhos, perguntara se era febre. Guilhermina dissera que parecia ser, mas que o repouso daria conta do problema. E se não desse, mandaria um dos del Vecchio atrás de Dr. Flávio pela manhã.

Para não preocupar inutilmente a patroa, Teresa preferira não relembrar que Dr. Flávio Eduardo passava os feriados com a filha e os netos, no Rio de Janeiro. Dona Guilhermina parecia tensa, os cabelos em desalinho. Mas havia, também, um tom de alegria nervosa em sua voz, como se o comendador resfriado justificasse um pouco mais sua existência de ama e guardiã.

Era quarta-feira. A partir dali, e por quatro dias, a patroa subiria pessoalmente as três refeições diárias do comendador naquela mesma bandeja, quase sempre recolhida horas depois pelos criados no chão do corredor, ao pé da porta. (Ela própria quase não tocaria em sua comida, servida ali na copa.) O quarto seria arejado e limpo, pela manhã, aproveitando o momento em que a patroa, no banheiro ao lado, ajudava o marido a se lavar um pouco e se barbear.

O velho comendador até que se deixava levar docilmente pela mulher, como atestava Joaquim, que numa das manhãs escutara os risos dela, abafados pela água a jorrar dos grandes baldes. Teresa, por sua vez, ao recolher uma das bandejas, ouvira a patroa lendo em voz alta para o marido — e a inflexão da voz era animada, os personagens interpretados com realismo, as situações como que vividas. Tudo somado, Teresa e Joaquim haviam pensado sem se dar conta, o comendador tinha mesmo muita sorte. Porque mulheres dedicadas havia muitas. Mas quantas, diante de um homem velho e doente, elas próprias na flor da juventude, demonstrariam tamanha boa vontade, competência e alegria?

As risadas histéricas produzidas na adega, naquela quarta-feira, haviam esbarrado nas portas que separavam o porão do resto da fazenda. Mas seus ecos amortecidos ainda vibravam entre os degraus da velha escada quando Guilhermina, cabelos soltos sobre a blusa rasgada, respirando com dificuldade, o corpo inclinado, finalmente se deparara, três passos a sua frente, com a cena por tantos anos desenhada.

No plano da imagem, o marido era quase maior que a moldura, a cabeça raspando o teto, os braços esticados contra as grades, as mãos a dois palmos das paredes. O quadro acabado, porém, era diferente do imaginado nos sete anos de esboços. Porque aquele homem falava, gritava e agitava cadeados e correntes, em flagrante contraste com o silêncio das estampas.

Em não mais que um segundo o comendador transitara da surpresa para o ataque. E agora produzia ruídos e grandes gestos desengonçados. De onde aquele homem envelhecido tirara tanta agilidade física e mental para decodificar, como um raio, o que levara sete anos em gestação? Guilhermina, que agora passava as mãos pelo pescoço, sem entender os sons que penetravam em seus ouvidos, percebia lentamente que, chegada a hora, eram os pesadelos — os famosos pesadelos em que seu marido se debatera anos a fio — que haviam dado o alerta.

Mas, perguntava-se o comendador do outro lado de suas grades, *chegada a hora de quê?* Do que se tratava e o que acontecia? Por que não acordava? Por que — por mais que as sacudisse — aquelas barras de ferro não se transformavam, como de hábito, em lençóis ou cobertores?

O comendador precisava saber. E Guilhermina, que passara sete anos desenhando seu roteiro com pincel fino em porcelana, imaginando e apagando variáveis contra panos de fundo em constante movimento, dava-se conta de que nada previra para os capítulos que agora iria compartilhar com o marido. Por isso, tudo podia. Podia, por exemplo, deixar de responder às perguntas que Carlos Augusto lhe gritava ou, sem transição, lhe murmurava. Podia sorrir ou ficar séria. Podia, suprema delícia, regressar a sua infância e fazer caretas.

E podia apagar a luz. Apagar a luz como, sete exatos anos antes, um lampião havia sido soprado em meio a uma noite de sangue e terror. Assim haviam ficado, por longos minutos, frente a frente, na mais absoluta escuridão e, pouco a pouco, no mais absoluto dos silêncios. Um silêncio do qual Guilhermina, ainda aturdida com a repentina claridade, só iria emergir ao espatifar um copo contra os azulejos da cozinha.

9

Guilhermina realizara cinco visitas à adega para acompanhar de perto a agonia do marido, sempre entre meia-noite e quatro horas da madrugada. Mas nenhuma a marcara tanto quanto aquele momento inicial de encruzilhada, na escuridão e no silêncio, quando vivenciara, como em um espelho invertido, sua agora remota noite de terror e desamparo. *Fourteen was a dreadfully early age at which to know so much and be so powerless,** leria anos depois, em um livro que ainda não havia sido escrito.

Se, para ela, as perspectivas se revelavam agora infindáveis no plano do real, com todo um leque de oportunidades a seu alcance de mulher jovem e rica, para ele as oscilações entre ansiedade e pânico, somadas a um estado geral de abandono e desorientação, prenunciavam um vôo rumo aos confins mesmo do universo. E havia sido justamente isso que a impressionara,

---
*Quatorze anos era uma idade assustadoramente jovem para saber tanto e ser tão impotente.

sentir o marido, quase a seu lado, a palpitar na sombra como um jovem pássaro, prestes a dar início, por obra dela, a uma viagem em direção ao infinito.

Passado o interlúdio de trevas, Guilhermina desaparecera como por encanto — e o comendador ficara sozinho atrás das grades, os olhos presos, como revelaria mais adiante à mulher, ao fiapo de luz ao pé da porta. A claridade, que a minúscula fresta deixava entrever, era a certeza da existência do universo. Mesmo quando apagada, como havia ocorrido logo em seguida, podia ser novamente evocada pelo interruptor de sua memória. Maia Macedo ainda soltara alguns gritos, mas logo percebera a inutilidade daquele esforço. Aos poucos, recuperara então a calma e dera, dali em diante, mostras de um comportamento mais afinado com as estampas originalmente concebidas por sua mulher. Como prisioneiro, logo deduzira que dali não sairia vivo. Como homem, sentia-se tomado por um cansaço devastador, como se tivesse afinal entendido que vivera um grande equívoco.

Em algum momento de sua vida algo ocorrera. Estava, agora, em plena escuridão. No fundo (e sorrira para si próprio com amargura), estava de castigo. Só que, como a maior parte das crianças, sem saber por quê. Mas, ao contrário delas, a ignorância — e não o medo, ou a raiva — o atordoava. Sentia-se como uma imagem que, sem a devida catalogação ou com anotações absurdamente incompletas, está prestes a ser colada para sempre em algum álbum de família dotado de numerosas páginas, para ser em seguida pousado em uma prateleira, ao lado de centenas de outras obras, em meio a milhares de estantes, integrado a uma imensa biblioteca, ela própria uma imagem perdida em algum ponto da estratosfera. Não temia a morte — e sim os labirintos. Desde a baronesa, não tinha medo do escuro — era apenas inseguro. *Queimem os livros e as bibliotecas e façam entrar a banda de músicos, não há tempo a perder!*, gritaria para Guilhermina, já delirante, em seus momentos finais de prostração.

Aos olhos dos empregados, Guilhermina impusera-se uma rotina singela naqueles cinco dias. Na parte da manhã ajudava o marido a se lavar e barbear, no início um quase nada de toalete, pois, como dissera a Teresa, a febre alta custara um pouco a ceder. Em seguida, o quarto já arejado e a cama feita, descia para buscar pessoalmente o café da manhã, que tomava com o marido. Ao terminarem, conversavam, ou ela lia em voz alta para ele. Para deixar o comendador mais à vontade em seus aposentos, cujas cortinas mantinha semicerradas, passava o resto da manhã acompanhando de perto os trabalhos de Teresa e Joaquim na sala ou na cozinha, conversando com ambos, talvez até mais que de costume.

Após as entrevistas com Flávio Eduardo (nos meses que se seguiriam à partida de Guilhermina para a Europa), os empregados haviam se dado conta de que em momento algum tinham escutado a voz do comendador reagindo às palavras ou aos risos da mulher. E haviam igualmente concluído que a patroa não arredara pé da casa naqueles cinco dias, nem mesmo para os habituais passeios pelos jardins. Não, não chovera. O tempo, ao contrário, permanecera bom. Em pelo menos duas ocasiões um dos irmãos del Vecchio atara as rédeas do cavalo preferido da patroa às grades da varanda, sem que o animal, selado e impecavelmente escovado, fosse sequer agraciado com um pedaço de açúcar, muito menos montado.

Ao meio-dia, depois de levar o almoço ao marido, Guilhermina descia para fazer, ela própria, uma refeição. Apesar de ligeira, deixava a comida praticamente intocada em seu prato. (Afinal, comentara para a sobrinha com um riso e uma piscadela, havia acabado de almoçar no quarto acima, e com excelente apetite, a suposta comida do marido, maneira mais simples e natural de fazê-la desaparecer.) Em seguida, quando não estava com o doente, passava as tardes lendo ou metida em seus bordados. Sim, mantinha-se invariavelmente na sala, os três gatos a seus pés, sentada no mesmo sofá frente à escada que levava aos aposentos do segundo andar, sob a qual ficava a porta que conduzia ao porão e à adega. Como estava acostumada a ler na varanda, no pequeno escritório adjacente à sala ou em seu quarto no segundo andar, os criados supunham que a mudança refletisse preocupação em se manter ao alcance de um eventual chamado do marido. Flávio Eduardo, contudo, havia levantado uma hipótese adicional, pois, como dissera em sua carta,

...um exame superficial das medidas da sala em relação ao porão permitiria afirmar, sem sombra de dúvidas, que o sofá no qual a prima lia Madame Bovary se encontrava situado exatamente acima da adega e, por conseguinte, sobre a cabeça de Carlos Augusto...

...o que lhe parecera de mau gosto e *vagamente diabólico*, embora não excluísse, algumas linhas mais adiante, *a possibilidade de uma coincidência*. Guilhermina, que havia comentado com Andrea aquela desconfiança específica de Flávio Eduardo, rira muito da acusação, pois também se dera conta, com um pequeno arrepio, da casualidade. Mas, segundo ela, os empregados tinham se enganado em um ponto (ou Flávio Eduardo se permitira uma analogia improcedente), pois passara aqueles dias de agonia do marido lendo a correspondência de George Sand e *Os sermões* do Padre Vieira — e não Flaubert.

Como que aproveitando, então, uma nota de rodapé em sua história, reiterara à sobrinha que de modo algum nutrira, àquela altura da vida, um ódio macabro pelo marido. Pelo contrário, havia muito que o velho comendador, sem garras e sem *panache*, tinha que ser remexido em sua imaginação para se manter vivo, como brasa prestes a se apagar em uma lareira.

Maia Macedo, na realidade, estava agora reduzido a um projeto cujas raízes, como as fagulhas da imagem, quase que já se perdiam no passado. Mas sua morte, que agora sequer lhe pertencia, mantinha-se como a razão de ser da vida dela. Não poderia, por conseguinte, estar associada a meros sentimentos de violência ou de vingança, nem ser grosseiramente equiparada a um simples ato de barbárie. Mesmo porque, na concepção amadurecida por Guilhermina ao longo daqueles anos de profunda solidão, leituras e meditação, o marido não havia agido de má-fé ao violá-la de maneira tão selvagem. Tanto que, em um plano, ela até o perdoara. E porque o perdoara, se sentira livre, em outro, para sacrificá-lo sem piedade, em uma espécie de ritual purificador que lhe permitisse recuperar o rumo e resgatar o seu destino. A *culpa não era dele, nem minha*, dissera enigmaticamente à sobrinha, *e sim dos planos*.

O comentário, produzido meio ao acaso, fizera Andrea se indagar se a tia, para todos os efeitos uma pessoa normal — tanto que seria pródiga em demonstrações dessa aparente normalidade ao longo de sua vida adulta —, não teria vivido, com o comendador, uma situação específica de loucura. Uma Guilhermina que se embrulhasse em seu lençol vermelho e branco e matasse o marido a machadadas na madrugada de sua noite nupcial protagonizaria uma cena lamentável, mas de certa forma compreensível e, para muitos, até louvável. O caso dela, contudo, era outro. Com a precisão de um cirurgião que delimita microscopicamente seu campo de ação, Guilhermina parecia haver sido bem seletiva ao demarcar sua loucura, a ponto de conferir-lhe, ainda que de forma rudimentar, uma base filosófica de sustentação.

Vendo diante de si com novos olhos aquela senhora de fisionomia tão serena, cujos vestígios de beleza ainda transpareciam entre rugas delicadas, Andrea decidira investigar mais a fundo aquele espaço definido por tão sutis fronteiras: perguntara à tia se matar o marido não constituíra, a seu ver, um ato passível de julgamento mais severo.

Como Guilhermina parecesse não escutar e começasse a cantarolar baixinho para seu gato (ele próprio descendente direto dos gatos que, meio século antes, haviam passeado por tapetes estendidos dez metros acima da cabeça de Carlos

Augusto), a sobrinha permitira-se ser mais precisa: indagara se deixar o marido agonizar por quatro dias até morrer de um ataque de coração provocado pela fome e o desamparo não lhe parecia um ato de crueldade extremamente refinado. Ao que a tia, como que sensível às preocupações de uma sobrinha cuja curiosidade por mistérios não convinha desestimular, murmurara suavemente:

— Você acha?

Depois ficara quieta por uns instantes, perdida em profundas reflexões. Andrea soubera respeitar aquele silêncio. E, até onde a conheço, sei que despira seu rosto de qualquer expressão de espanto. Passados alguns momentos, a tia, em um súbito impulso — como se recordasse um detalhe importante —, a recompensara por sua paciência. No tom de quem invoca, ainda que sem maior necessidade, um argumento adicional a seu favor, ponderara:

— Você sabe, minha filha, tive, eu própria, o cuidado de perguntar isso a ele — isso da crueldade — e ele me garantiu que não. Me garantiu que não. E ainda sorriu para mim, do chão.

— Do chão? Em que momento? — insistira Andrea.

— Mais para o final — reconhecera a tia.

Entre esse derradeiro diálogo, com um comendador já agonizante no chão da cela, e os primeiros, na madrugada da quinta-feira, o casal havia conversado como nunca antes. Se ela não tivesse estado tão empenhada, naquele momento final, em matar seu marido, talvez até tivessem se tornado amigos. Andrea, por sua vez, ciente da importância daqueles quatro dias, despira suas vestes de sobrinha para comportar-se como uma repórter com mestrado em sociologia. Fizera a tia regressar aos diálogos daquelas madrugadas em uma fazenda perdida no interior do estado do Rio, no ano de 1933, sem cansá-la ou pressioná-la. Resgatara falas inteiras e, mais do que isso, sua provável cronologia e os silêncios que lhes davam ritmo e sentido. Para ela, que somente mais tarde teria acesso à chapeleira, aquele havia sido um momento de convergência e de desfecho.

Havia cabido a Flávio Eduardo, como bom médico e sábio que era, dar-se conta, ainda que inconscientemente, de que testemunhara não uma morte, mas um renascimento. Chamado às pressas pelo mais jovem dos del Vecchio, e ainda com as roupas com que acabara de regressar do Rio de Janeiro, descera esbaforido a escada do porão — mas se detivera nos últimos degraus, atrás da porta semi-aberta, a bombinha contra a asma já nas mãos. E, antes de ver a mulher sentada ao chão afagando a cabeça do marido, escutara enternecido,

...*a voz da prima cantarolando baixinho, com a maior doçura, uma das mais belas cantigas de ninar que me havia sido dado ouvir em toda a minha vida...*

Guilhermina também se referira àquela cena. Dissera a Andrea que era a cantiga de ninar com que costumava fazer dormir suas bonecas. Retomava ali o seu percurso interrompido.

10

Andrea e eu dávamos início, quase sem sentir, ao nosso terceiro dia no sítio, cada vez mais imersos na reconstituição das aventuras de Guilhermina. Tacitamente íamos ficando, eu porque nada me prendia ainda à universidade, em pleno período de férias, ela por ter quem cuidasse do *Criado-Mudo*, o que lhe permitia, com alguma freqüência, passar uns dias no Rio ou em São Paulo, à procura de móveis e objetos para renovar o acervo do antiquário, ou no próprio sítio, a descansar.

De toda forma, os banhos de cachoeira, a cozinha de fogo de lenha, a imprevisível chapeleira a revelar aos poucos seus segredos, a temperatura amena, a conversa mole com o caseiro e sua mulher, as noites de rede sob as estrelas, nada estimulava um regresso precipitado à capital. Além do mais, àquela altura, Andrea e eu estávamos começando a dar sinuosos e ternos passeios pelas colinas ao redor do sítio, abraçados pela cintura ou de mãos dadas, em um namoro princípio-de-século, ao abrigo do qual seguíamos delicadamente desfolhando novos aspectos da história da velha tia. Eu próprio, sem dizer nada a ela, já começara a transferir algumas anotações para o papel, em um tímido prelúdio de um eventual roteiro, que provavelmente se uniria, um dia, a seus irmãos mais velhos e mais empoeirados, em meu sempre generoso fundo de gaveta.

Mais uma vez, naquela terceira manhã de sol, havíamos sido despertados pelo canto dos pássaros misturado aos risos dos filhos do caseiro a brincar perto de nós. Enquanto nos espreguiçávamos em nossas redes, um suco de laranja nas mãos, um novo galo assumia cautelosamente seu posto no balanço, lançando um olhar inquieto para os lados, como à procura de seu antecessor, na eterna corda bamba entre audácia e comedimento. Com Guilhermina empoleirada em minha memória, eu pensava em como teria gostado de ouvir sua bela história, não no sítio em que vivera seus últimos anos, mas na fazenda mesma onde ela se desenrolara.

Decorridos mais de cinqüenta anos, ainda existiria a velha mansão no estado do Rio? Como seria? Dispúnhamos de alguns fragmentos, deixados por dois dos três protagonistas, mas de nenhuma descrição mais sistemática. E na chapeleira não havíamos encontrado nenhuma fotografia ou imagem dela. Mas não era difícil reconstituir de forma aproximada o cenário em que os eventos haviam ocorrido.

A casa, mais residência permanente de um homem de posses que fazenda propriamente dita, devia ser imponente. Durante sua vida o comendador, nascido em família abastada e aristocrática, com certeza herdara móveis, louças e objetos de fino gosto, formando um patrimônio que iria consolidar ao longo de suas viagens ao exterior e do qual ainda restavam hoje vestígios no *Criado-Mudo*. Após aquela iniciação européia aos vinte anos, ele ainda voltaria, por duas ocasiões, à Europa (uma delas em um dos primeiros vôos do dirigível Zepelim), e realizaria, com a primeira mulher, uma viagem de núpcias à Argentina e ao Uruguai. Assim, tanto por herança quanto pela vida que levara, era possível deduzir que a casa devia ser ampla e confortável, no estilo das majestosas propriedades rurais que os barões do café haviam mantido, na primeira metade do século XIX, no vale do Paraíba fluminense.

Sabíamos da existência de dois andares, o de baixo com uma varanda em frente ao pomar, uma ampla sala de estar, um escritório (que, em sua origem, havia abrigado um oratório) e uma sala de jantar. Do outro lado, na ala oposta à varanda, um corredor ou uma simples passagem, com um provável banheiro social, devia levar até a cozinha, ela também ampla e arejada, com azulejos semelhantes aos que contemplávamos agora, ao esquentar nosso café.

Passamos um bom momento tentando situar, na sala principal daquela mansão, a escada que levava ao segundo andar, embaixo da qual sabíamos encontrar-se a porta que se abria para os degraus que conduziam até o porão. Imaginando uma ampla sala retangular e nos colocando na varanda, de costas para o pomar, acabamos por situar a escada numa diagonal contra a parede no extremo oposto, determinando que ela se ergueria da direita para a esquerda, já que, do lado direito, havíamos visualizado a passagem para a cozinha e, daí, para a área de serviço, com seus tanques, varais de roupa e dependências de empregados.

Subindo a escada, o que fizemos revendo as aquarelas de Ender e Hildebrandt, entre dois óleos de Bertichen, chegamos a um corredor onde deveriam estar situados de quatro a cinco quartos, um dos quais transformado em saleta de costura, e um segundo banheiro, possivelmente no final do corredor, com suas janelas voltadas para a lateral da casa.

O quarto de Guilhermina, que a partir de um determinado momento fizera *chambre à part* com o marido, ficava a nossa direita, diretamente sobre a cozinha, no lado oposto ao do comendador, que se situaria, em conseqüência, sobre parte da sala e da varanda. Não havia dúvidas quanto à localização do quarto de Guilhermina, pois suas janelas davam para as plantações, no lado oposto ao pomar, e seus passos eram ouvidos por Teresa na cozinha logo abaixo.

Imaginamos que os aposentos de Maia Macedo, que sabíamos dotados de banheiro próprio, eram mais amplos e deviam corresponder quase ao tamanho da sala. Tomando por referência a escada, os outros dois ou três quartos ficariam no fundo do corredor. Utilizados por hóspedes infreqüentes (Andrea não se lembrava de menções a uma vida social que incluísse visitas mais prolongadas), eles haviam provavelmente sido destinados aos filhos que o comendador nunca tivera.

Aqui Andrea, em um gesto repentino, levara a mão à cabeça e se recordara de que a tia lhe contara que a cozinheira Teresa havia, certa vez, aludido à existência de um filho bastardo do comendador, nascido alguns anos antes de seu primeiro casamento (com a tal mulher roliça que se afogara durante um piquenique), fruto de uma das inúmeras aventuras que ele se permitira com as lavradoras da fazenda. No caso, o acidente ocorrera com a filha mais velha do capataz anterior. Nem o comendador, nem Teresa, nem Joaquim, nem qualquer um dos outros empregados da fazenda haviam chegado a conhecer o menino (cuja idade possivelmente regulasse com a de Guilhermina), pois o capataz, em troca de silêncio e resignação, havia sido provido de meios suficientes para se instalar em um pequeno sítio na divisa de São Paulo com Mato Grosso, para onde havia partido com toda a família meses antes do pequeno bastardo vir ao mundo. O comendador, pelo menos aparentemente, sequer soubera que tivera um filho homem, um segredo que Dr. Flávio Eduardo (que intermediara a transação e acompanhara, a distância, os progressos da família) deixara um dia vazar por distração.

Ainda que irrelevante para a história de Guilhermina e seu marido, a notícia da existência de um pequeno Maia Macedo no interior de São Paulo (com quase oitenta anos, se hoje vivo), ou de uma sua possível linhagem de herdeiros espalhada pelo país, me agradava muito, sem que eu soubesse dizer por quê. Era um pouco como se a falta de descendentes diretos, por parte dos protagonistas daquela história, de alguma maneira me incomodasse. Gostava da idéia de que, em algum ponto do planeta — e quem sabe mais perto do que eu imaginava —, um bisneto do homem que namorara a baronesa di San Rufo um século atrás estivesse, naquele momento, jogando bola de gude com um amigo, como os meninos do caseiro a nossa frente.

A rigor, por meio de uma minuciosa investigação (nos papéis da velha fazenda, se ainda existisse, ou junto a tabeliões da antiga comarca de Barra Mansa, onde algum registro de nascimento pudesse ter sido feito), talvez houvesse até como desenterrar o nome daquele empregado que se tornara avô contra a vontade, para dali partir para uma pesquisa nos municípios paulistas que faziam divisa com o Mato Grosso. Mas com que objetivo? Para contar a um ancião que outro ancião, seu pai remoto, morrera de fome e sede em um porão? Não, a súbita lembrança de Andrea interessava mais como símbolo que como fato. Uma janela se abrira, não interessava de onde ou para onde.

Na seqüência das lembranças, Andrea se recordara de que Guilhermina certa vez revelara haver passado uma parte substancial de seu tempo de casada sentada em frente à janela de seu quarto. Olhava, simplesmente. Como no caso do pequeno Maia Macedo, que se evaporara em um espaço para se materializar em algum outro, janela e tela se confundiam. Além do mais, como aprendera no mais belo de seus livros, a janela, na província, substitui os teatros e os passeios.

Assim, quando não estava metida no universo da literatura ou observando o marido para melhor preparar sua armadilha — ou às voltas com os afazeres da casa e da fazenda —, Guilhermina se perdia em contemplações por outros mundos. Superpunha, sobre os campos situados além do pequeno riacho, sobre as cores que mudavam com o passar do dia, sobre as levas de lavradores regressando da colheita, as viagens que o marido realizara e que continuava descrevendo para ela. E, a partir dessas imagens, fundia as paisagens que ela própria ainda viria a visitar, quando conheceria personagens semelhantes aos de seus romances, suas lendas e seus poemas. Sonhava, então, com Montparnasse, em cujas calçadas se deteria um dia, em uma tarde de verão, diante de dois desenhos de Miró, sobre quem acabara de ler um artigo fascinante. Como era possível pintar assim?

II

11

Quando Fernando me pediu para botar no papel a história de minha tia-avó, fiquei meio perdida. Não que escrever seja um problema, já trabalhei em revista e em jornal, não é por aí. O problema é que nem tudo que Guilhermina me revelou durante minhas visitas ao sítio de Goiás eu me senti em condições de contar para Fernando, ou de contar em detalhes. A rigor, no princípio eu sequer imaginei que conversaria muito com ele sobre esse assunto. Havia decidido, quatro anos antes, quando a conheci, que Guilhermina era parte de um patrimônio pessoal que me cabia preservar e proteger de invasões, e isso por uma série de motivos, alguns fáceis, outros difíceis de explicar. Em parte porque não desejava fazer de minha tia-avó uma novela. Não só por uma questão de fidelidade pessoal à memória dela, mas também porque meus pais e tios ainda estão bem vivos e a publicidade que se criaria em torno do assunto provavelmente jogaria uma luz desfavorável sobre a família. Depois porque, um pouco por pudor ou por falta de clareza, sentia eu própria vontade de chegar a determinadas conclusões em torno dela e de sua história, possibilidade que se viu ameaçada quando, um ano e meio após sua morte, Fernando de repente tropeçou no *Criado-Mudo* e caiu entre meus braços.

    O reencontro com Fernando me mergulhou em um momento muito rico de meu passado, uma fase repleta de movimentos e de rupturas, a saída de um Brasil quase fechado, o acesso à Califórnia e a seus espaços, Murilo, Jung, Watergate e a tentação de fazer teatro e cinema. Talvez por isso, quando Fernando me perguntou sobre a origem do termo *criado-mudo*, comecei, meio sem sentir, a falar de Guilhermina, com uma naturalidade que só me surpreendeu quando eu já ia bem adiantada na história. Mais tarde, no apartamento dele, à luz de velas, eu me ouvia por entre as sombras, as palavras saindo como novelo de lã a caminho da roca — e até sentia prazer nisso, o prazer de quem é solidário com seu personagem e reproduz fielmente o que ouviu. Era a primeira vez que isso acontecia. Até então, nem meus melhores amigos, nem meus dois ex-maridos haviam tido acesso a tudo aquilo, sabiam apenas de fragmentos, o suficiente para justificar minha mudança para Brasília, ou a existência de um antiquário na capital e de um sítio em Goiás.

    Para Fernando contei então as coisas, pelo menos em suas linhas mais gerais. Não é que tenha omitido muito (o episódio com Marie-France, por exemplo, até eu desconhecia), mas daí a revelar tudo e, mais do que isso, escrever um romance sobre minha tia-avó, vai uma distância que não pretendo transpor.

Mesmo porque, além das razões já invocadas, tenho altas dúvidas se Fernando é, de fato, bom de roteiro. Sei que entro aqui em terreno pessoal extremamente delicado, Fernando é ótima pessoa, talentoso, bom cozinheiro, mas a verdade é que não sei se ele teria cacife para vôos muito altos. *Murder in the Springtime*, seu único filme, é um trabalho crivado de problemas, confuso, mal resolvido e quase chato. Se ele tivesse feito um filme ruim e se dado conta disso, eu até que manteria acesas minhas esperanças sobre seu futuro nessa área. Mas o que mais me assustou, na época, foi ter percebido que, para ele, *Murder* só não era uma obra-prima por detalhes secundários de produção (o orçamento, reconheço, havia mesmo sido modesto, quase caseiro).

Claro que dez anos já se passaram e nesse meio tempo todos aprendemos com a vida. E eu, levada ou empurrada pelo entusiasmo de Fernando e pelas revelações da chapeleira (que, verdade seja dita, aguçaram muito minha curiosidade), acabei ampliando minha participação nesse projeto. O erro foi ter falado da chapeleira para Fernando sem antes examiná-la com cuidado. Paciência. De toda forma, uma coisa é falar e outra, escrever. Daí a dificuldade em redigir de próprio punho um texto sobre a história, dificuldade que me causa um certo desconforto pessoal, um pouco como se, após ultrapassar barreiras proibidas, eu me sentisse agora compelida a seguir em frente contra minha própria vontade.

Mas Fernando, sou forçada a reconhecer, tem uma maneira especial de insistir. É muito tranqüilo e sabe explorar com habilidade as fraquezas alheias. Explicou que só necessitava de um pequeno texto que servisse de subsídio a um eventual roteiro seu, e que uma coisa era falar, contar fatos fora de ordem, sem compromisso, ao sabor das lembranças, e outra passar uma espécie de peneira e escrever. Isso ele me disse ainda no sítio, um dia antes de voltarmos para Brasília, após quase uma semana de ausência, quando estávamos nus debaixo da cachoeira e ele finalmente me agarrou. (Ele custou um pouco a se decidir, mas finalmente me agarrou.) Mais tarde, já deitados na grama, acendi um cigarro e voltei a remoer o pedido dele. Disse, com toda a franqueza, que não sabia nem por onde começar. *Qualquer lugar, qualquer momento*, ele respondeu, dando intermináveis beijos numa antiga tatuagem que tenho entre meus seios. Depois falou: *Escreve umas vinte páginas sem reler e não rasga sem me mostrar.*

    Eu já escrevi umas cem páginas, que reli mais de uma vez, e continuo sem saber se o que escrevi vai ajudar. O mais difícil acabou justamente sendo o começo, que estou pensando em rasgar e jogar fora porque não acho que tenha muito a ver com Guilhermina. Escrevi sobre a época em que conheci Fernando e seus amigos e fizemos o tal filme juntos. *Murder* era uma comédia. Passei seis horas dentro de uma banheira para filmar duas tomadas. Nunca pensei que fosse possível sofrer tanto para fazer uma comédia. A água fria me congelava e Murilo, meu ex-marido, grudava na gente o tempo todo, sem acreditar, como insistia Fernando, que meus seios e o caranguejo fossem uma metáfora para a liberdade. *Metáfora o cacete! Esse cara quer é ver teus peitos! E depois mostrar para os amigos!*, resmungava furioso nos meus ouvidos entre as tomadas, com raiva de mim, do filme e, é claro, do próprio ciúme. Mas eu gostava do Murilo, e até hoje penso nele com carinho. Em 1974, esconder os seios da própria mulher era uma bobeira aceitável.

Los Angeles foi mesmo um dos começos. Muitos anos depois, quando principiei a fazer fotografia para moda e voltei a me envolver um pouco com criação, senti saudades das filmagens, daquele apartamento na praia de Venice, dos churrascos na pequena varanda, de meu cachorro Jung abanando com o rabo as moscas em volta da carne, do vizinho John, que tinha sempre três televisões ligadas, em canais diferentes (Nixon, Mickey Mouse e Vietnã), entrando e saindo de nosso apartamento e xingando sem parar os helicópteros da polícia que ficavam sobrevoando os tetos para ver quem plantava maconha em casa. *The pigs, the pigs!*, gritava. Além de Fernando havia outros brasileiros a nosso redor naquela época, em geral gente que também tentava fazer cinema em Los Angeles ou pessoas que se viravam para morar lá e que depois perdi de vista.

Fernando, mesmo, fiquei sem ver por uns dez anos, entre 1975 e agora, quando ele irrompeu no *Criado-Mudo*. Na hora nem o reconheci, acho que engordou bastante nesses dez anos e tirou a barba, mas depois nos abraçamos longamente, foi ótimo, e achei graça ele fechar a cara quando fingi que não me lembrava de nosso filme. O nome do meu personagem era Tallulah, em homenagem a uma grande atriz dos anos quarenta, Tallulah Bankhead, hoje esquecida, mas eu representava imitando Lauren Bacall em *To Have and Have Not*, que

Fernando me fez ver e rever umas seis vezes no velho Fox Venice, ali na Lincoln. Se a história de Guilhermina um dia virar filme, vai ser difícil dirigir a atriz que fizer o papel dela. Vai ser difícil achar o tom certo. É complicado explicar, mas ela entrava nas coisas de maneira enviesada e quando eu me dava conta do que estava ouvindo quase sempre já era tarde. E daí em diante eu ficava sempre um passo atrás da trama, nunca inteiramente *dentro*. Por isso escrever ou transcrever o que contei até aqui não vai adiantar muito, porque há histórias que alguém conta, alguém escuta e viaja junto, e outras em que se fica de fora, mesmo ligado. Com Guilhermina, passado o susto inicial, demorei a recuperar o pé, fiquei meio de fora, como quem observa alguma coisa. Fernando percebeu isso.

Mas não quero dar a impressão de que Guilhermina tenha querido me chocar. Em certo sentido é até possível que tenhamos ambas sido tomadas de surpresa, como se a história, dotada de vida própria, de repente saltasse sobre nós. Eu, pelo menos, estava distraída e quase sonolenta, após o almoço, em minha segunda ou terceira visita ao sítio, ouvindo ela contar coisas das fazendas do Vale do Paraíba com palavras como tulha e paiol, tipos de café e de gado, nomes de santos e padroeiros com que as propriedades eram batizadas, como Santa Luzia, Santana, São Luís da Boa Sorte, quando ela começou, aos poucos, a descrever em detalhes a divisão interna das fazendas que tinha conhecido em sua juventude, contando que havia sempre uma área social para os convidados, uma área íntima freqüentada pela família e uma de serviços destinada aos empregados, mas que, no caso da fazenda onde havia passado seus anos de casada, existira também um subterrâneo — e aqui, num súbito impulso, ela havia colado seu rosto ao meu e acrescentado num sopro só — *com um porão e uma adega onde um dia eu matei seu velho avô*. Seguiu-se uma pausa e uma oferta de um último biscoito, que recusei sem parar de me balançar na rede, me perguntando se era isso mesmo, ou se não deveria encaixar ali algum comentário. Mas antes que eu abrisse a boca, ela insistiu, os olhos nos meus olhos: *De fome, matei ele de fome. E de sede*. E, jogando a cabeça para trás, comeu ela própria o último biscoito.

Mas tia, perguntei intrigada, *qual avô? Nenhum dos meus avós morreu de fome*. E aí ela estremeceu, como se estivesse despertando de algum sonho, e se sacudiu um pouco na cadeira, o que acordou o gato. No embalo das lembranças e das paisagens de sua infância, ela, que desde os quatorze anos planejava as coisas de maneira a não mais se surpreender com nada, havia supostamente confundido o primeiro marido com o irmão (este sim meu avô paterno) e assim entrado enviesada numa das alas mais secretas de seu passado.

Mas isso eu só iria descobrir meses depois, em outra visita ao sítio, quando ela retomou a história desde o princípio. Naquela noite ela só falou: *Desculpe*. E mais baixinho, quase no ouvido do gato que fechava novamente os olhos: *Eu me enganei*.

Depois, ao repassar aquela conversa comigo mesma, percebi que Guilhermina dera ali dois recados de uma só vez, porque nunca havia perdoado a passividade de meu avô diante do casamento negociado. Talvez por não se atrever a julgar os pais, ela havia esperado do irmão algum gesto, de defesa ou de protesto. Assim, com o suposto lapso, ela não só me projetava no interior de sua vingança como me alertava para um dos culpados por omissão. Havia, de fato, uma história pela frente — mas era preciso prestar muita atenção.

12

O encontro com minha tia-avó ocorreu em 1981. No consultório do oftalmologista onde nos conhecemos, por obra e graça de uma recepcionista, conversamos por apenas dez minutos, ao fim dos quais ela entrou para sua consulta. Quando saí da minha, Guilhermina continuava aguardando na sala de espera. Dali fomos tomar um chá. Parecíamos avó e neta em tarde de compras. Uma vez sentada e olhando os casadinhos a nossa frente, ela me descreveu seu encontro de anos antes com Joaquim Guilherme, a quem Flávio Eduardo chamara, em sua carta, de *fidalgo português*. Foi por aí que ela começou a falar de si mesma, pelos casadinhos que a haviam conduzido a seu segundo casamento. Recém-chegada de seus quatro anos de Europa, Guilhermina estava justamente tomando um chá na Colombo, enquanto refletia sobre seu destino. As alternativas a sua frente consistiam em regressar para a fazenda onde havia vivido seus anos de casada ou comprar uma casa em Botafogo e se instalar no Rio de Janeiro.

Da mesa ao lado, contou-me ela, um homem a observava atentamente. Haviam trocado algumas palavras sobre o tempo. Joaquim Guilherme lhe diria, mais adiante, que se surpreendera com a própria coragem, pois não era homem dado a conquistas. Mas, encantado com a tranqüilidade e naturalidade com que Guilhermina acolhera seus comentários, acompanhara-a até o ponto do bonde, saltando ele próprio, na última fração de segundo possível, no reboque. Ao descobrir onde ela se hospedava, armara sua tenda nas redondezas até criar coragem para lhe dirigir novamente a palavra, o que fizera com o rosto avermelhado. Guilhermina, por seu lado, abanara seu leque com energia ao dar a entender que era viúva.

O que a seduzira naquele homem, mais do que sua paixão absoluta e inflamada, havia sido a certeza de que o pequeno empresário de meia-idade, bem-sucedido, solteiro por opção ou timidez, membro fundador do Vasco da Gama e futuro rotariano, pertencia a outro planeta e não teria jamais qualquer contato com seu passado. *Era um homem*, como me disse certa vez, *incapaz de sequer sonhar o que eu vivera*. Sentia, por conseguinte, que as possibilidades de seu mundo interno ser invadido eram remotas. Não que desejasse esconder alguma coisa. Simplesmente não encontrara, nem encontraria, um homem à altura de seu patrimônio de segredos.

Uma pessoa de origem modesta, e boa-praça, o fidalgo era, na realidade, brasileiro, filho de portugueses que haviam imigrado para o Brasil no final do século XIX. De seus pais havia herdado um dinheiro com o qual montara, com muito sacrifício, duas pequenas tecelagens no interior de São Paulo. Nos últimos anos, contudo, passara o controle das tecelagens para os irmãos mais moços e se mudara para o Rio de Janeiro, onde pensava criar pontos-de-venda para seus tecidos, de modo a evitar os intermediários que, em São Paulo, estavam acabando com seus lucros.

Daquele homem simples, *grande e cheio de carnes brancas mas rígidas*, de bom gênio, flor na lapela, dois molares de ouro e nenhuma imaginação, Guilhermina logo quis ter muitos filhos. Não teve os filhos, mas, com duas pequenas exceções (que ela mais tarde caracterizaria como *pequenas fraquezas sem conseqüência*), levou uma vida tranqüila e bem-comportada. Imprevistos ou sustos só uma vez, ao dar de cara com Paul Nat na Cinelândia. A caminho de Buenos Aires, onde daria um recital, ele desembarcara na praça Mauá naquela manhã e passeava calmamente pelo centro da cidade, abanando-se com um chapéu palheta e trazendo no bolso um enorme chocalho. Guilhermina trazia ao braço o seu fidalgo. A surpresa dela, embora enorme, acabou por não gerar qualquer mal-estar, tal a sinceridade radiosa e fraterna com que Paul Nat a festejara. Para Joaquim Guilherme, Paul Nat, com seus maneirismos e entusiasmos, deixara uma impressão alegre e jovial: *que interessante esse seu amigo*, comentara após as despedidas. (*Au revoir, ma belle déesse*, soprara Paul Nat na orelha esquerda de Guilhermina.)

Guilhermina instalou-se com o marido em uma bela casa em centro de terreno na rua Mariz e Barros, na Tijuca, onde viveram por quase treze anos, até o iniciozinho da década de cinqüenta, quando ela enviuvou pela segunda vez. Para essa casa transferiu, aos poucos, boa parte dos móveis, das porcelanas, dos objetos e livros de sua fazenda no estado do Rio. A propriedade, que já havia entrado em processo de relativa decadência no período final de vida do comendador, não resistira às tentativas de modernização que haviam coincidido com os quatro anos de Guilhermina na Europa e, por isso, seria posta à venda pouco após seu segundo casamento.

A minha frente, Guilhermina interrompe sua história para me olhar em silêncio e com ternura. Parece querer criar coragem para finalmente me perguntar por meu avô.

— Ele morreu há uns dez anos.
— Eu sei.

Ela quer saber como ele tinha sido, em que tipo de homem se transformara, com quem se casara, se havia sido um bom avô, como eram meus pais, que profissão haviam seguido na família, o que ocorrera com as famosas terras recebidas em Barra Mansa na seqüência de seu casamento com o comendador. Rompido o dique, ela de repente quer saber tanta coisa, mas não há tempo: tenho um encontro com um advogado para tratar de meu divórcio. Em um impulso, pergunto a Guilhermina se já comeu *sushi*. Ela recupera seu sorriso e, à noite, nos reencontramos no Honjin da São João Batista.

Ao revê-la hoje em pensamento no japonês, faço um esforço para associar a essa imagem — e, mais remotamente, à jovem viúva que se sentara na Colombo para comer uns casadinhos — a Guilhermina que só mais tarde fui descobrir. Fernando, que dela só viu fotos, e assim mesmo da juventude, me perguntou uma vez se eu notara vestígios claros de beleza em seu rosto. Eu me recordo sobretudo do olhar, ora lente, aberto para o mundo, ora cortina, fechado em seus segredos. E da energia e do humor que ela irradiava. Naquela noite no Honjin, embaralhou-se com seus pauzinhos, chorou lágrimas copiosas sob o impacto da raiz-forte e meteu sem hesitar o nariz no prato para cheirar o peixe.

Penso, também, em como deve ter sido estranhamente repousante, para uma Guilhermina recém-chegada ao Brasil em 1938 ou 1939, esse encontro na Colombo com seu fidalgo. Que contraste com os Gervoise-Boileau, que agora conhecíamos melhor, com o pianista Paul Nat e suas cartas apaixonadas, com Marie-France e suas anãs verdes, com o telegrafista Etienne e suas pescarias à beira do Marne (*um homem que só possuía duas calças, duas camisetas e uma bicicleta*), e com tantas coisas que havíamos descoberto em sucessivas escavações na chapeleira, entre banhos de cachoeira e noites passadas em nossas redes...

Coisas que, por sua vez, se somavam a seus sete anos de mulher casada e a tudo que havia ocorrido no porão de sua fazenda. Por isso, hoje, quando observo um casal de certa idade tomando sorvete de braços dados por um calçadão a minha frente, sempre imagino mundos e fundos. Quantos mistérios escondidos atrás de *mais uma dentada, meu bem? Não, querida, obrigado*... Quantas sedas e rendas rasgadas entre fumaças, apitos de trens e gritos de dor ou de prazer... Quantos sustos com uma mala inesperadamente aberta em uma fronteira... Quantos *Tomates Clamart*, quantos esqueletos indignados, quantos mistérios ou omissões.

Por outro lado, se a vida dela havia sido atribulada, nada impedia que a de seu fidalgo também tivesse abrigado alguns segredos. Mas quem haveria de saber? Guilhermina, talvez se antecipando à curiosidade de seu novo marido, havia reduzido suas próprias perguntas ao mínimo essencial. E Joaquim Guilherme respeitara aquele acordo tácito, talvez convencido de que os anos de Europa haviam servido sob medida para amenizar, em família, a tristeza daquela viúva quase criança. Preferia imaginar que deuses gregos haviam soprado até a mesa a seu lado, em uma nave etérea de velas enfunadas, uma esposa casta, viúva jovem e imaculada de marido idoso e respeitoso. E atribuía o crescente entusiasmo de sua mulher no leito a seu próprio talento. Só não sabia precisar por que motivo mulher alguma recompensara, até então, suas proezas com tantos gritos de emoção.

Assim, do fidalgo português, que não era nem fidalgo nem português, quase nada havia ficado, a não ser sua paixão reverencial pela mulher, seus dois molares de ouro, sua timidez contrastando com a corpulência e seu cravo na lapela. Em certo sentido, uma pena, porque hoje, revendo a história em seu conjunto, fico pensando que ele talvez até tivesse sido um tipo interessante. O mais certo, contudo, é que tenha se tornado interessante a meus olhos apenas em função de Guilhermina, confirmando, dessa forma, a velha regra segundo a qual pessoas banais podem se tornar estimulantes por refletirem o brilho alheio. O fidalgo provavelmente valia mais, por saber menos. Difícil julgar.

No Honjin, Guilhermina sugeriu que eu um dia a visitasse em Goiás, uma idéia que me agradou muito, porque o Rio se tornara uma cidade bastante pesada para mim naquela época. Nossas conversas se estenderiam por dois anos, em visitas intercaladas a seu sítio (oito ou dez, já não recordo), até a morte dela. Eu estava em São Paulo, aonde tinha ido ver uns móveis, quando Guilhermina morreu do coração em pleno sono. Sequer cheguei para o funeral. Ela planejara tudo de modo a ser discretamente enterrada em Pirenópolis. Ao chegar, mandei rezar uma missa por ela na igreja do Carmo, ao lado do cemitério. A igreja estava vazia, exceto pelas últimas três fileiras, totalmente tomadas por um bando de crianças acompanhadas por quatro freiras. Só então soube que Guilhermina sustentava o orfanato da cidade. Depois da missa passei a tarde imersa na cachoeira. Os caseiros, sentados na grama ao lado, contaram que Guilhermina havia morrido sem dor, quase sorrindo, um livro aberto ao peito, os gatos brincando com uma enorme boneca de pano a seus pés. Herdei assim o sítio, o *Criado-Mudo*, os gatos e a chapeleira.

Para mim a chapeleira, com seus espaços entre cartas e fotografias, sugeriu mais que mostrou. Fernando e eu, nesse ponto, discordamos muito, ele atento a um lado documental (que sempre me pareceu importante mas não essencial), eu mais aberta para a fantasia, para tudo aquilo que *não* aparecia na chapeleira. É que Guilhermina, ao me contar sua história, escondia, acho até que com malícia (como quem deixa algumas pistas e omite outras), determinadas partes, que ficavam suspensas entre silêncios, súbitas mudanças de tom ou de assunto. Omitiu, por exemplo, o lance com Marie-France, em um raro momento de pudor. (Ao contrário de Fernando, porém, acredito que pela intensidade da emoção, não por simples censura.) Encobriu, também, outros momentos, por falhas de memória ou por estar empenhada, internamente, em rever fatos e sensações. E me contou coisas que eu própria preferi não revelar.

Tudo somado, Guilhermina conquistara o direito de preservar os seus mistérios. E convivia com essa conquista em nível muito profundo. Podia, assim, permanecer de repente silenciosa pensando em um copo de vinho branco, tomado sozinha em algum terraço sobre o Sena ao entardecer, e não me falar daquele instante de prazer ou de ausência. Ou me falar em um tom que me levasse, por minha vez, a guardá-lo somente para mim. Como havia emoldurado sua vida em dois períodos de quase absoluta reclusão (quando muito jovem, durante seus sete anos de casada, e já no final da vida, no sítio de Goiás), sua possível riqueza como personagem (para roubar uma imagem cara a Fernando) podia estar mais nas pausas que nas notas. E eu, como mulher, senti isso de muito perto. Apesar de ter permanecido ligeiramente distante da personagem, acho que me aproximei mais da pessoa. Pela simples razão de que gostei muito dela. E por isso, venho fazendo um grande esforço de memória para tentar recuperar em minha infância, entre as conversas de meus pais, tios e avós, alguma coisa a mais que tenha tido a ver com sua pessoa.

Porque se falava nela, nas tardes de domingo, quando a família se reunia, no Leme, para almoçar na casa de meus pais. Era rica, ou bem mais rica do que nós, que pagávamos aluguel e nem carro tínhamos; e a riqueza de parentes é sempre fascinante. (De meu canto da mesa, imaginava que ela com certeza devia ter televisão.) Era, além disso, misteriosa e resistira às tentativas de aproximação feitas por meu avô ou por pessoas em nome dele. Finalmente — e isso era raro em meus tempos de criança —, havia viajado sozinha para o estrangeiro, conhecido pessoas, fumado charutos (uma foto dela fumando charuto havia ido parar, ninguém sabia como, nas mãos de meu avô), quem sabe até tido uma aventura. *O que em absoluto fazia dela uma aventureira*, como se apressava em esclarecer minha avó, sempre que essa hipótese era levantada por alguma nora mais afoita. (Que pena, pensava eu, atribuindo à palavra conexões diretas com *O Anjo*, um seriado que escutava com meu irmão mais velho e que se fundia sem transição com as trombetas do *Repórter Esso* e as notícias da guerra da Coréia.)

Mas o que revejo nesses almoços de domingo, quando faço um esforço para reencontrar alguma coisa ligada a ela em minha memória, é sobretudo uma vaga tristeza acomodada no olhar de meu avô. Percebo a tristeza ir tomando conta de seu rosto cada vez que a conversa, após descrever um grande arco por outros temas, da falta d'água aos pastéis de carne da cozinheira, do romance clandestino da vizinha ao suicídio de Getúlio, faz uma ocasional escala técnica em Guilhermina. É um assunto que meu avô nunca levanta, mas do qual tampouco foge, contribuindo com uma palavra ou outra, como um espectador que mantém a esperança de que, exatamente como nos seriados do rádio, de repente alguém exclame: *Sabem da maior? Guilhermina está na cidade, encontrei com ela na rua e...*

Por isso tudo acho bonito, tantos anos depois da morte de meu avô, ter sido eu a encontrar tia Guilhermina e ter sido eu a perceber que, a sua maneira, ela também vivia um seriado. Só que voltado para o passado. Ela só se sentiu em condições de se abrir para o irmão depois de morto. De certa forma, algo de análogo também havia acontecido entre ela e o comendador: ela me contou que, no fundo, só se abriu para ele *antes de morto*. Não em vida, nem depois de morto, mas naquele precioso intervalo na adega, *antes de morto*.

13

Guilhermina quase não bebia. Numa de minhas visitas ao sítio, porém, abrimos um vinho que eu tinha trazido do Rio para acompanhar os patês que eram feitos pela caseira sob seu comando. Acho que a bebida literalmente soltou a língua dela. Sentadinha em sua cadeira de balanço na varanda, ela deu um primeiro gole, estalou a língua — e disse que vinho bom se conservava em adega. Fiz um comentário meio tolo, que adega no Rio de Janeiro, em apartamento ainda por cima, era difícil. Ela riu de mansinho na penumbra e fez festinha no topo da cabeça de um de seus gatos. E aí disse:

— Você sabe, eu já tive uma adega.

Poderia ter dito: *Eu gosto de comer milho*. Ou *me passe o novelo de lã*. Depois de nova pausa e outro gole, prosseguiu, a cabeça no encosto da cadeira, o olhar em um céu de repente cheio de degraus entre as estrelas.

— Quando eu comecei a descer os degraus com ele, a escada inteira cheirava a vinho. Joaquim tinha quebrado duas garrafas quando esvaziou a adega naquela tarde.

— Joaquim?
— O empregado da fazenda.

Foi assim que ela finalmente me fez penetrar em sua história, como quem abre uma passagem secreta escondida por detrás de uma tapeçaria.

— Três anos antes nós havíamos descido aqueles mesmos degraus juntos, ele em passos firmes, um candelabro de prata nas mãos. Agora quem ia na frente era eu, ele colocava um pé, depois o outro, lentamente, a mão presa a meu ombro para não cair, e eu o ajudava, com a delicadeza do carrasco que ajuda o condenado em sua subida ao cadafalso. Descíamos e descíamos, os degraus não acabavam mais, sempre havia mais um...

...no caminho para o inferno. Naquela primeira descida, o comendador havia descrito para ela um momento de magia, um longo painel salpicado por aromas e espumas. Na segunda, o gato ainda miando por trás da porta, ele descia apoiado entre a mulher e a baronesa, pois acabara, na varanda, de sonhar com Maria Stella o sonho que freqüentava, mais que outros, sua memória. E que também tivera seu desfecho numa masmorra.

— Entrei com ele na adega. Ele ficou perto das grades. Fui até a parede do fundo e colei minhas costas contra as pedras, que estavam muito frias. O frio me fez pensar no lençol congelado de sete anos antes, e isso foi bom, me ajudou. Ficamos, assim, juntos. Em um quadrado de cinco metros por cinco, as grades entreabertas. Eu falei pouco, o mínimo necessário, mostrei as prateleiras que ainda seriam substituídas para guardar as peças das máquinas e dos tratores. Ele estava cansado, impaciente, não prestava atenção, devia ter fome, queria voltar. Parecia um velho urso de circo, meio tonto em um espaço pouco familiar.

Mais um gole de vinho.

— Passei então por ele, lentamente, como quem dá um assunto por encerrado. Após uma última olhada a seu redor, ele também se voltou para sair. Fechei as grades a um palmo de seu rosto com uma batida seca. Paf! Ele olhou para meus dedos que trancavam o cadeado, fez um gesto vago com as mãos e perguntou, rindo, bobamente: *O que é isso, Guilhermina?*

Não havia tristeza, alívio ou alegria na voz dela. Apenas a concentração de quem procurava descrever um fato com exatidão.

— Não sei o que me deu. Eu estava mais tensa e mais dura do que uma vara de bambu. Comecei a rir também. Soltei um grito, levantando os braços: *Isso??... Isso??...*, e demos incríveis gargalhadas, separados pelas grades. Acho que rimos por um bom tempo. De repente ele saltou.

Guilhermina leva as mãos à garganta e à cabeça.

— Foi nesse momento que ele deve ter arrancado aqueles meus fios de cabelos...

Permaneço muda em minha rede durante a pausa que se segue. Guilhermina volta a encher nossas taças.

— Eu te contei que ele morreu de fome na adega, não? Ele durou cinco noites e quatro dias. Era mais forte do que eu pensava. No final cantou trechos de ópera. Não sabia que gostava de ópera. Na verdade sabia, ao mesmo tempo, muito e quase nada daquele homem. Cantou ópera. Mas parecia um disco meio estragado, como se estivesse tocando fora de rotação...

...Como o Hal do filme *2001*, tenho vontade de dizer, confundindo as épocas e percebendo a tempo que cabe aqui um disco de 78 rotações, a voz fanhosa saindo, entre chiados, dos pequenos alto-falantes ao estilo *Salão Grená*, da Rádio Tamoyo, um programa de poesia ao som de tangos que meus pais ouviam religiosamente e que ainda peguei quando criança. *É tarrrde amor, devo partir...* Mas a velha senhora, blusa preta e lenço branco muito nítidos a minha frente, segue falando de outros sons.

— Ele ainda disse diversas coisas, entre gritos e apelos, entre terno e indignado, mas eu não ouvi mais nada. Sentei-me em um degrau sem olhar para ele atrás das grades e tentei recuperar o fôlego. Ele foi ficando quieto, pouco a pouco, o olhar pesando sobre mim. Com o silêncio, senti-me encabulada. Num gesto rápido, apaguei a luz. Ele ainda murmurou bem baixinho, na escuridão: *Mas Guilhermina, estou com fome, Guilhermina... E meu jantar?*

Onde estaria o meu avô em 1933, quando isso acontecera? Se Guilhermina tinha 21, ele devia ter uns 24 ou 25. Já era advogado, formado pela Faculdade de Direito do Rio de Janeiro, e era noivo de minha avó. Tinha um pequeno escritório em um segundo andar na rua do Carmo, que conservou por toda a vida e que eu ainda conheci quando menina. Onde estaria a octogenária Maria Stella di San Rufo na Semana Santa de 1933? Dando vivas a Mussolini das janelas de seu castelo?

— Ficamos mudos no escuro, por muito tempo. Aos poucos me acalmei, ele também. Foi melhor assim, ele entendeu tudo muito depressa. O velho era mesmo inteligente! Mas, quando fechei a porta atrás de mim e acendi a luz da escada, ele gritou forte: *Guilhermina!*

Só que a porta era sólida. E a seguinte, muitos degraus acima, tinha duas camadas de feltro que ela havia mandado colocar dois anos antes.

— O gato continuava lá. Não escutei mais nada até quebrar um copo na cozinha. Sempre fui um pouco desajeitada na cozinha. Fora, não, fazia até tricôs belíssimos, tinha muito jeito com as mãos. Quando criança, era eu quem consertava minhas bonecas. Você brincava de boneca quando era criança?

— Brincava. Quer dizer, um pouco...

— ...eu brinquei até os meus quatorze anos. Se não fosse o casamento, acho que teria brincado mais. Na minha época as meninas tinham boneca até bem tarde, às vezes quinze, dezesseis anos. No meu primeiro encontro com Carlos Augusto...

Longa pausa e novo olhar para as estrelas. Os tons sombrios da adega dão lugar à claridade de um quarto de criança.

— Eu estava no meu quarto, meus pais entraram, ele veio atrás, teve que abaixar a cabeça para entrar, olhou diretamente para mim e deu um sorriso para meus pais. Percebi logo — criança sente essas coisas — que era um sorriso de aprovação. Atrás das costas ele trazia uma boneca e uma pequena caixa embrulhada em papel de seda. Todos riam muito, como se fossem cúmplices de alguma brincadeira. Todos menos teu avô, que entrou no quarto de mansinho atrás dos três. Eu estava vestida em minhas melhores roupas. *Hoje, você vai receber uma visita importante*, minha mãe tinha avisado. E ela própria me havia dado um banho, coisa que não fazia tinha uns dois anos. *Banho de mãe*, como havia dito. Tua mãe te dava *banhos de mãe*?

— Não, que eu me lembre, não.

— Agradeci muito a boneca e coloquei a caixinha sobre a cama. A boneca era de pano, mas apesar disso era a maior e a mais luxuosa que eu jamais havia ganhado, cheia de sedas e de rendas por entre as saias. Ao lado das outras chegava a ser um despropósito, senti até que elas se encolhiam um pouco em minhas prateleiras. Pensei: *Este homem é mesmo muito grande, para esconder atrás das costas uma boneca desse tamanho!* Mas fui ficando sem graça, sem entender bem o que ocorria, ninguém dizia nada, todos riam ou sorriam, faltava alguma chave que clareasse um pouco as coisas. Depois de algum tempo, meu pai (teu bisavô era um homem magro e alto) se curvou lentamente sobre a cama, pegou a caixinha e a colocou de novo em minhas mãos. Havia algo de muito solene naquele gesto. *Abre, Guilhermina, abre*, ele disse, com uma ternura que soou meio triste. Para afastar aquela nuvem que eu já pressentia no horizonte, fiz uma brincadeira: disse que estava preparada para uma surpresa, mas não duas. Aí os três caíram na gargalhada, em uma alegria absurda de exagerada, sobretudo porque teu avô continuava sério e muito calado no seu canto. Fiquei na ponta dos pés e tentei olhar por trás daquele homem que ocupava a metade do quarto e tapava minha visão da porta, achando que, com tanta risada, ainda viria alguma coisa do corredor, quem sabe um cachorrinho, ou mais um gato. Aí mamãe disse: *Não vem lá de fora não, já está aqui, sua boba...* O visitante passou a mão na minha cabeça e disse meu nome: *Guilhermina*. O tom era grave e me fez prestar atenção, parecia que ele ia falar alguma coisa. Mas fechou a boca e não disse mais nada. Houve um curto silêncio e eu então abri a caixa. Com todo cuidado, para poder depois aproveitar o papel de seda, como me haviam ensinado em casa e na escola. Do canto do olho vi que teu avô dava uns dois passos em nossa direção. No interior da caixa havia um anel. Nunca tinha ganhado um anel de verdade, tirando um pequeno aro banhado a ouro na primeira comunhão, e fiquei radiante. Deixei escapar um grito de alegria e exclamei *mãe, um anel, olhe, mãe, que beleza!* E mostrei para eles. *É uma aliança*, corrigiu meu pai, no tom de quem ensina a uma criança a diferença entre uma rocha e um planeta. Pus logo a aliança no dedo, mas não havia dedo para tanta aliança. Lembro que ainda gritei para meus pais, *ela quase entra no mindinho e no seu-vizinho juntos!* Pelo jeito deles, percebi que não era bem essa a reação que esperavam. Papai tossiu um pouco. E quando finalmente começou a falar, não escutei mais nada, fui tomada por uma sensação estranha, as palavras, depois do *minha filha*, pareciam de borracha, maiores do que o próprio quarto, como se houvesse uma espécie de eco a nosso redor. Aquele homem, dizia o eco, estava ali para me pedir em casamento. Eu só não ensaiei uma risada porque teu avô permanecia sério e muito pálido, perdido na neblina, e também porque uma espécie de torpor já começava a me paralisar o corpo. Eu acho que naquele momento exato, antes de desaparecer de minha vida, teu avô viu o futuro. Meu pai falava olhando para mim, eu olhava para um pedaço do tapete e teu avô, os braços caídos, os dois punhos fechados, recuando, indo, indo, indo embora...

O relato de minha tia me transporta de volta ao Leme, aos almoços de domingo. Revejo o olhar triste de meu avô, perdido em sua neblina.

— Quando o último fiapo daquele eco que anunciava meu destino deu lugar ao silêncio, mamãe tirou um lencinho do bolso, que levou rapidamente aos olhos, e soltou um *minha filhinha*. Eu fiz que não com a cabeça baixa, primeiro devagar, depois mais rápido, fiz que não durante um mês. Fiquei sem comer e chorei muito pelos cantos da casa, mas não havia ninguém com quem chorar, meus pais, de início carinhosos e compreensivos, foram logo perdendo a paciência, a questão estava fechada, minha mãe às vezes até que chorava escondida comigo, mas não eram lágrimas por mim e sim por ela, estavam ambos, ela e meu pai, basicamente unidos em torno do que, na realidade, era um projeto. Teu avô, coitado, passou a fugir de mim como da lepra, acho que assim resolveu melhor a coisa na cabeça dele: em alguma medida, considerou aquilo uma traição minha. Ele mal tinha dezessete anos e havia acabado de arrancar de nossos pais a promessa de se mudar para o Rio e viver com alguns primos para ingressar na faculdade. Teu avô na faculdade e eu no espaço... Em compensação, minha filha, que espaço... Mas que espaço... Saúde, Andrea!

— Saúde, tia!

14

— Escapar, fugir, sair correndo, nem pensar, não é?
— Só se fosse com a roupa do corpo, pelos campos, para desaparecer pela vida afora e terminar meus dias em algum bordel — ou, mais provável, ser trazida de volta ao lar horas depois, molhada e humilhada, na carroça de algum vizinho, o vestido cheio de lama. Andrea, minha filha, pense: 1926, interior do estado do Rio. Imagine uma família de recursos corretos mas modestos, a quem se prometem algumas terras e a cuja filha se concede a honraria de um imponente sobrenome. Era um negócio exagerado pelo lado das idades, mas não inédito em si mesmo. Não, a pergunta que eu me fiz por muitos anos não tinha a ver com fuga. Fugir nem me passou pela cabeça. A pergunta era: por que não cedi? Por que não me acomodei?
— Como muitas mulheres de sua geração...
— Não é? Tão mais simples... Ao descobrir, com o passar do tempo, que Carlos Augusto, do topo de sua velhice, era tão inocente quanto eu, em minha tenra idade, que aquela não

era uma história de vítimas e culpados, por que manter intacto aquele ódio que de tão antigo já virara até projeto? Por que vingar um projeto com outro? E a única resposta que o tempo me obrigou a aceitar, por mais voltas que eu desse em torno do assunto, era simples: comecei, aos poucos, a gostar da idéia de matar aquele velho. Quer dizer: à medida que eu crescia, lia, meditava e percebia a inutilidade ou injustiça relativa de tudo aquilo, a idéia da morte deixava de ser vingança e ganhava outro sentido, como se fosse uma missão na qual eu tivesse sido envolvida por algum capricho de deuses diabólicos. E quanto mais pensava em mim sob esse ângulo de assassina fria e cruel, mais satisfação sentia. Terrível, não? Você não se choca com minhas histórias?

— Outro dia, quando conversamos sobre isso, sobre a questão da crueldade e da frieza, você me falou de sua teoria dos planos e me disse que tinha até perguntado a ele...

— ...eu sei, na adega, no final, eu procurando algum tipo de absolvição, ele já quase morto. Eu precisava ser absolvida, não da morte dele, mas do prazer que isso me dava, uma forma de lidar com a perversão. Mas deixa eu explicar melhor. Talvez passando para outra época, para dar um pequeno — uma espécie de pequeno espelho dessa emoção. Veja: quando eu desembarquei em Paris, todo o clã Gervoise-Boileau se armou de *pince-nez* para me inspecionar de alto a baixo. E você acha que eu me intimidei? Coloquei todos no bolso com um sorriso no *hall* de entrada do *hôtel particulier*. E quando, logo na tarde do primeiro dia, percebi que um dos meninos havia subido sobre um armário do meu quarto para me ver tomando banho nua por uma janelinha de vidro embaçada que havia sobre a porta, me senti de volta em minha adega. Só que agora em um banheiro de mármore, pé-direito muito alto, com Marie Antoinette, suas damas e seus carneiros ornamentando paredes forradas de panos verde-escuros. Depois da exaustiva viagem de trem de Marselha a Paris, aquela vasta banheira repleta de água quente era uma bênção, os sais aromáticos e vapores me deixando aos poucos entorpecida. De repente, pelo cantinho do espelho a minha frente, vi o rosto do menino empoleirado lá no alto, sem que ele se desse conta de que havia sido descoberto. Era Patrick, o mais jovem de meus primos. Andrea, você já teve o prazer de se sentir observada nua, completamente nua?

— Eu já vivi uma coisa parecida...
— É?...
— E também foi numa banheira...
— Olha só que coincidência...
— Num filme, uma vez participei de umas filmagens...
— Mas é diferente. É bem diferente. Ali quem observava sabia que você se sentia observada. O próprio olhar devia ser discreto, os pensamentos quase suspensos. Pelo menos é o que eu imagino, é como me sentiria se me visse numa situação dessas. Mas no meu caso não. Eu controlava o olhar alheio como um ímã e, pelo olhar, o pobre menino. Eu só havia feito amor com um único homem até então, e a relação tinha sido real num plano e totalmente falsa nos demais. Era uma relação intensa, como disse, mas que cumpria uma função. Uma função perversa. E ali também acontecia algo de parecido, só que mais doce. E tão forte quanto o próprio ato de fazer amor. Ali,

atrás de mim, estava um menino bem mais jovem do que eu, de aspecto franzino e virginal, o rosto todo crispado, quase sem ar, vivendo um momento de apogeu. Patrick devia ter uns treze anos. Fiquei uma hora dentro d'água, tendo o cuidado de me erguer um pouco vez por outra, passei mil vezes a esponja sobre as costas, deixei os braços caídos para fora, cantarolei *Escravos de Jó* — até que me levantei, sempre de costas, tão excitada quanto o primo em seu armário. Quando me virei, muito lentamente, em sua direção e me abaixei para apanhar a toalha sobre o banco, vivi uma grande novidade: eu, naquele preciso momento, me dei conta de meu corpo. Ao longo dos anos que se seguiram, tive confirmações de toda ordem sobre a impressão que meu corpo deixava em outras pessoas. Mas ali eu soube. Pela primeira vez. Depois da interminável noite com Carlos Augusto. Sem erguer os olhos. E, sentindo aquele menino colado a minha pele, eu me sequei diretamente embaixo de sua janelinha, sem me cobrir inteiramente com a toalha, devagarzinho, e toquei meu corpo de uma maneira meio — meio safada. A gente sabe ser safada quando quer, não?

— É... Acho que sim...

— Pois é...! Como é bom rir quando se fala dessas coisas, não? Só conversei sobre esses temas, e com essa leveza, com uma amiga, mas isso foi há muitos anos, muitos e muitos anos... Eis, então, a verdade: a mais pura poesia não vale uma doce e suave perversão. Quantas maravilhas os homens deixam de entrever, sem sequer se darem conta... Ah, maldita pressa, maldita falta de sutileza... Mas escute só: naquela noite, no jantar, Patrick cochichava sem parar no ouvido do irmão mais velho, Jean-Marc, que empalidecia a cada frase. Aos dezoito anos, Jean-Marc era alto, tinha cabelos desgrenhados, andava envolto em tons sombrios, parecia saído de um poema de Victor Hugo. A conversa corria solta entre os adultos, comíamos faisão, falávamos de um Brasil que eu ia reinventando a cada frase, mas minha atenção permanecia toda voltada para aqueles irmãos que me espreitavam entre cochichos. A tal ponto que a mãe, em determinado momento, riu e disse: *Mais vous semblez avoir un succès fou, ma chère cousine...* Mais uma vez me senti nua e dessa vez a delícia foi ainda maior, pois estava vestida e a mesa cheia. Naquela mesma noite Jean-Marc atravessou o salão em linha reta, inclinou a cabeça a minha frente batendo seus calcanhares e me convidou para dar uma volta no *Bois de Boulogne*. Sorri e recusei. Qual era a pressa? E por que a batida de calcanhares se a aparência dele era de poeta? Preferi jogar cartas com a irmã caçula, Anne-Marie, uma forma amena e até lúdica de sedução, pois já havia decidido em minha cabeça que aquela história só poderia ter um desfecho. E, de fato, após rondar atrás de mim por três dias e três noites, Jean-Marc não agüentou: entrou em meu quarto de madrugada e foi direto para minha cama, soluçando e tremendo muito, como se tivesse tido um pesadelo e estivesse buscando um refúgio em meus lençóis. Ele dizia, *laisse-moi faire, laisse-moi faire*, deixa eu fazer, deixa eu fazer, e, é claro, eu deixei. Ele tinha um corpinho igual ao meu, tão frágil e tão branquinho e, apesar de muito alto, era tão leve que parecia flutuar. Flutuamos juntos a noite inteira, caímos da cama duas vezes e acordei apaixonada. Você já se apaixonou muitas vezes em sua vida?

— Apaixonar, apaixonar...

— É, de achar que o mundo parou, que seu fôlego está cortado, que todo o sangue de seu corpo invadiu seu rosto, que as pernas cedem sob seu peso, essas coisas...

— ...não, muitas vezes não, e assim, com esse tipo de intensidade, não, pelo menos nunca por muito tempo...

— Mas tempo suficiente para saber a diferença. Pois é, eu não sabia. Para mim o mundo parou. Ria, contava histórias, conquistava pessoas, irradiava energia — voltei a agir e a sentir como criança. Quinze dias depois de minha entrega a Jean-Marc, porém, apareceu na casa de meus parentes um homem de cabelos alourados, um pouco mais velho do que eu e que, durante o jantar, inclinou a cabeça sobre meu ombro e perguntou suavemente: *Aimez-vous les ballons, madame?*

— O dinamarquês?...

— Me senti péssima. Não tinha coragem de olhar nem para ele, nem para Jean-Marc. Me senti uma traidora sem ter traído. Jean-Marc, é claro, não percebeu nada. Se percebesse enlouquecia. A um milímetro do abismo, estava seguro do nosso amor. E, de fato, eu amava Jean-Marc com a intensidade de quem ama a luz depois das trevas.

— Então, por quê...

— ...deixar acontecer? Por medo. E perversão. Peter vinha a ser contraparente dos Gervoise-Boileau, era dinamarquês e campeão amador de balonismo. Com ele, o único perigo era cair das nuvens. Com Jean-Marc, perdi o rumo, o controle, a alma e as vísceras. Na tarde seguinte, Peter me fez subir em seu balão e...

— Tia, não acredito...

— É, minha filha, na cestinha do balão, sobrevoando Fontainebleau... E ele não tirou da cabeça um chapéu de feltro vermelho e branco, tão engraçadinho aquele chapéu...

15

— Naqueles primeiros meses de Paris comecei minha vida de verdade. Tudo era novidade. Você entende, quando decidi matar Carlos Augusto, não pensei nem um segundo em mim, no que poderia me acontecer. Era um pouco como se *nada mais* pudesse me acontecer, de ruim ou de bom. Não tive medo de ser ou não ser apanhada, de ser ou não ser presa e julgada. Não me preocupava com isso. Durante sete anos fui armando as coisas pensando sempre nele e nunca em mim. Achava que, mesmo que fosse surpreendida na adega, teria valido a pena. E muito. O objetivo não era sobreviver e, menos ainda, lucrar. Por isso agia com tamanha isenção, tamanha tranqüilidade. E por isso, creio, consegui ser tão eficiente.

"Ocorreu, então, o inesperado. Ou melhor, ocorreu o que eu não havia buscado de maneira muito consciente: as precauções tomadas para levar o plano adiante se revelaram tão perfeitas que me colocaram acima de qualquer suspeita.

E, com a impunidade, ganhei também uma alforria adicional: a da riqueza. Tanto melhor: eu era livre, rica e podia fazer de minha vida o que bem me passasse pela cabeça. Como uma escrava de repente solta pelo mundo, eu vivia em meu quilombo dourado, o olho atento para bondades e maldades, o espaço aberto para heróis e vilões — desde que minimamente interessantes. Sem preconceitos e com dinheiro. Armada para a vida. Sem culpas ou receios. Tendo lido alguns livros. E tendo matado um homem por um descuido dos deuses, deuses menores, porque eu sentia que havia de tudo em minha história, menos grandeza. Eu não era nem Joana d'Arc, nem Antígona, nem nenhuma das heroínas de meus livros de criança. A fada que, aos quatorze anos, ganhara uma boneca de um velho noivo havia dado lugar a uma bruxa viciada em namorados e *marrons glacés*. Uma bruxa rica e atraente, de férias pela Europa, com um olhar sagaz e um coração de esponja.

"O dinamarquês Peter, por exemplo, apreciava meu corpo, mas amava meu dinheiro. Isso entendido, era um homem até interessante, na fronteira entre a elegância e o deslize. Apenas descíamos dos céus de nossa primeira viagem e ele já detalhava em minha orelha (ainda emocionada pelas alturas a que seu entusiasmo me havia conduzido) um projeto seu, sempre adiado, de comprar um balão novo. Por uma indiscrição talvez calculada de meu primo e anfitrião, ele havia sabido de duas transferências bancárias de Londres a meu favor. Eram somas grandes, que haviam enternecido sua alma atenta, uma alma de aristocrata adornada por belo corpo, combinação imbatível não fosse a pobreza da moldura. Pois, para os padrões daquele clã, Peter, coitado, era bem pobre, mal podia manter seu velho balão e o aluguel de seus aposentos em um hotel discreto em Saint-Cloud. Na maldita partilha que tanto dano causa às famílias em certo meio, seu irmão mais velho havia ficado com as terras da herança, sua irmã com o dote do casamento e ele com algumas pratas, logo vendidas. Daí sua paixão por nuvens e seu olhar eternamente voltado para os céus.

"Essas coisas são por definição misteriosas, mas um dos fatores que me levaram a me abrir um pouco mais para aquele homem — fator perverso, anote bem — foi pressentir o arrepio dele ao saber de meu dinheiro. Um dinheiro que a mim só interessava marginalmente. Ficamos os dois fascinados com a descoberta mútua, ele como um menino guloso que mal se contém diante de mil moedas de chocolate e quer botar a mão em todas para enfiá-las goela abaixo, e eu adorando a idéia afrodisíaca de sentir meu corpo envolto por meu poder, como se, por um erro de projeção, eu estivesse levemente fora de foco, uma sensação indescritível pela delicadeza das fronteiras, a mão que desliza sobre a pele sem sintonia com o coração. Uma delícia, Andrea, como um perfume diferente, silvestre, daqueles que você só usa de vez em quando porque enjoam se você abusa.

— E Jean-Marc?

— Sempre incansável sobre meu peito, todas as noites. As noites eram dele. Jean-Marc com seu corpo de pluma e seu coração enorme batendo em carne viva contra o meu, Jean-Marc com seus discursos e seus poemas inflamados, suas juras de amor e suas crises de ciúmes — ciúmes do futuro, pois o presente, para ele, pobre rapaz, se confundia com nossos lençóis e estava, por conseguinte, assegurado. Na mesa do café da manhã, seus pais nos olhavam preocupados, tamanha a languidez a nossa volta, pontuada por desvios de olhar e frases apenas murmuradas. À noite poeticamente depravados, de dia duas vestais perdidas em um mar de olheiras.

"Patrick, enquanto isso, continuava se contorcendo sobre seu armário como um faquir enlouquecido, pois eu havia mantido para ele o ritual de me secar lentamente sob sua janela embaçada. Eu vinha às vezes de tardes passadas entre os braços de Peter e me banhava para os braços noturnos de Jean-Marc. Patrick era o andante entre os alegros de meus concertos. E, como todo bom andante, me proporcionava momentos majestosos e profundos, eu me banhava em seu olhar.

"Aconteceu, então, a primavera. Embarcamos para a Normandia, onde a família tinha uma propriedade, *une maison de campagne*, como eles descreviam o que, a meus olhos, mais parecia um velho castelo. Voltei a ler e a montar cavalos, colhendo cogumelos enquanto meus parentes caçavam patos ou coelhos. Não gostava de caçar, sempre detestei qualquer tipo de crueldade com animais, mas adorava cavalgar. Meus anos de fazenda haviam feito de mim uma amazona selvagem e desordenada, um estilo que, de toda forma, combinava bem comigo.

"Foram dias deliciosos, meu primeiro contato com o interior da França, que eu iria conhecer tão bem anos depois. Os antepassados dos Gervoise-Boileau vinham daquela região, a família tinha uns três ou quatro séculos de vínculos com aquelas terras. Percebi com muita nitidez um sentido de propriedade que ia bem além da posse de um velho castelo, ou das terras e dos bosques a seu redor. Os animais que perseguiam pertenciam a eles por direito quase divino e, nesse sentido, deviam até ser cúmplices de suas próprias caçadas, criando, no máximo, pequenas dificuldades objetivas, ao fugir ou se esconder, quando mais não fosse para dar algum realce ao nobre prazer do caçador. Meus parentes riam muito de mim quando eu fazia comentários nessa linha, *elle exagère, notre cousine*, gritavam em coro ao redor da mesa, mas, no fundo, adoravam que eu revelasse o que eles sabiam ser verdade. Até os empregados, descendentes eles próprios de uma linhagem de criados e camponeses que haviam servido fielmente aos Gervoise-Boileau ao longo dos séculos, balançavam a cabeça em sinal de concordância. Se as paredes do castelo pudessem falar, elas também me dariam razão.

"Quando meus primos, que só haviam planejado permanecer no campo uma semana, começaram a falar em voltar, eu, encantada com o lugar, pedi para ficar um pouco mais, mesmo sozinha com os empregados. Não houve meio de obter uma concordância, é claro. *Ça ne se fait pas, ma chère petite*, me diziam todos preocupados. Até que, em um impulso muito simpático, minha jovem prima Anne-Marie, que ainda dispunha de mais uns dias de suas férias, insistiu em permanecer comigo, o que legitimou minha pretensão. Na mansarda onde nos encontrávamos furtivamente de madrugada, Jean-Marc teve três acessos de raiva, que administrei com elegância, e partiram todos, me deixando em paz com Anne-Marie em meio àquela deslumbrante paisagem.

"Anne-Marie era uma moça tímida e gentil de uns quinze anos, magra e comprida, mas muito graciosa em seus gestos e movimentos. É provável que suspeitasse de minha história com seu irmão, mas não se atrevia a fazer perguntas, pois certas barreiras deviam parecer intransponíveis a seus olhos. A companhia dela era repousante, me fazia bem, recordo até hoje de nossas leituras sob as árvores, dos passeios à beira do rio Iton, dos jantares à luz de velas, em uma interminável mesa, só nós duas, os empregados de uniforme e a brisa da noite batendo contra a janela. Apesar da diferença de idade éramos basicamente duas meninas, ríamos de qualquer bobagem. Depois daquelas primeiras semanas agitadas que se haviam seguido a minha chegada a Paris, recuperei com ela, naquele curto lapso de tempo, o prazer de uma amizade quase infantil, a cumplicidade das pequenas coisas de meus tempos de criança, as tardes passadas na varanda consertando velhas bonecas.

"Falei também muito de mim para Anne-Marie, de minha vida de casada. Parecia-lhe espantoso que uma moça de quatorze anos tivesse sido entregue em casamento a um homem de sessenta e muitos. Na França, segundo ela, isso somente acontecia na realeza ou em romances folhetinescos. Expliquei que, em países mais pobres, o fato estava longe de ser incomum e me surpreendi até justificando um pouco a decisão que meus pais haviam tomado em meu nome e sem meu conhecimento.

"Essa tranqüilidade mais pessoal, aliada à beleza da natureza a meu redor, com seu ar dourado de primavera, me deu condições de melhor refletir sobre o futuro. Sempre achei, depois disso, que um viajante nunca deveria entrar em um país desconhecido pelas portas de suas grandes cidades e sim por seus vilarejos, ou por seus campos. É tão mais natural, mais fácil, as pessoas se mostram tão mais inteiras e verdadeiras em suas manifestações, seus gestos ou suas palavras. Em uma fração de segundo o país entra em você.

"Pela primeira vez desde minha chegada, comecei a pensar seriamente em permanecer na Europa por mais uns meses, muito em função da tranqüilidade encontrada naqueles campos, com suas colinas, seus pequenos bosques e seu rio, ora presente, ora ausente, segundo os planos da paisagem que se desdobrava a nossa frente. Nada me prendia ao Brasil, a não ser memórias que preferia deixar de lado. E como, no fundo, nada me prendia a ninguém ou a lugar algum, aqueles dias passados com Anne-Marie, rememorando minha infância entre as cores de Cézanne e de Van Gogh, consolidaram uma sensação de independência que permaneceria comigo pela vida afora. Paralelamente, fui amadurecendo a idéia de abandonar Peter e Jean-Marc, dois homens que de repente me pareciam toscos e mal resolvidos, como duas crianças gulosas e barulhentas. A soma dos dois reduzia cada um a muito pouco.

"A meu lado, Anne-Marie, lendo a Condessa de Ségur e desfolhando suas margaridas, me dizia *vous*. Eu não era nem dez anos mais velha do que ela, mas havia sido casada e era viúva. Ela custou muito a dizer *tu*. Só por isso mereceria um lugarzinho especial em minha memória, tamanho o poder de sedução daquele sussurro, daquele *vous*. Era uma coisa meio perturbadora. *Cousine, voulez-vous vous baigner avec moi dans la rivière cet après-midi? Dites oui, cousine, je vous en prie, dites oui...* Você fala francês, Andrea? Você devia estudar francês, minha filha. Não imagino que haja língua mais bela nem mais sutil que o francês. E a sutileza daquele *vous* era uma fonte de encanto e de mistério para mim. Os pais dela, os primos de Carlos Augusto, se tratavam por *vous* quando se encontravam na presença de terceiros, mesmo íntimos. *Mais ma chère, ne croyez-vous pas que...* Eu achava aquilo tão diferente, em um casal relativamente jovem e que, segundo Jean-Marc, ainda se permitia a intimidade de compartilhar furtivamente o mesmo leito... *Ils se disent tu dans les nuits de grand amour*, me havia assegurado Jean-Marc. *Mais ils n'ont jamais passé une nuit blanche**, me jurava nas primeiras luzes do amanhecer, ao me deixar, debaixo do travesseiro, uma composição sobre Radiguet.

---

*Eles se dizem tu nas noites de grande amor... Mas nunca viraram uma noite juntos fazendo amor.

"Anne-Marie tinha a idade das confidências. Freqüentava um colégio de freiras, era aluna aplicada, mas já se sentia presa ao destino de outras pessoas, adivinhando um inevitável casamento a espreitá-la em alguma esquina. Recomendei que lesse certos livros, que se afastasse um pouco de caminhos predeterminados e que engordasse dois ou três quilos. Fiz por ela o que Flávio Eduardo, meio sem querer, havia feito por mim alguns anos antes. Não sei se deu certo, perdi contato com ela ao me afastar da família e prosseguir com minha viagem. Espero que sim, era uma criatura muito meiga e sensível. *Chère cousine, voulez-vous que je vous lise quelques pages de Delly?* Que fim terá levado Anne-Marie? Estará viva em algum ponto da Europa? Ainda lerá Delly? Ela hoje teria mais de sessenta... Carlos Augusto se perguntava com freqüência o que teria acontecido com as pessoas de seu passado. O mesmo ocorre comigo hoje. Teria gostado de escrever um livro que, um dia, meio ao acaso, fosse lido por um de meus remotos conhecidos, em algum ponto do planeta, um amigo que de súbito erguesse os olhos das páginas e gritasse para uma empregada surda: *Ih!... Sou eu!... É de mim que essa velha louca está falando...*

"Com o passar do tempo, porém, a doçura da jovem prima que, após a partida de seus pais, seguia dividindo um quarto comigo, transmitindo-me seus pequenos anseios de juventude, começou a me oprimir. E quando pensava em Paris e naqueles dois homens que me aguardavam com suas exigências e expectativas, presos a suas pequenas trilhas tolas e paralelas, também me sentia mal, como se estivesse sem ar. O encontro dessa sensação de mal-estar com o movimento de independência que eu vinha cultivando dentro de mim me obrigou a confrontar a necessidade de partir, de escapar, de viajar sozinha para qualquer lugar. E fui salva por Carlos Augusto, meu velho fantasma, com a Itália ensolarada de suas lembranças: ao abrir para Anne-Marie, em uma noite de forte chuva, uma garrafa de licor, as amêndoas de sua adolescência bateram em minhas narinas. Fiz as malas e regressamos a Paris. Anne-Marie pareceu surpresa e levemente desapontada, mas concordou.

"No *hôtel particulier*, escrevi duas cartas de adeus a meus pretendentes, nas quais mentia sobre a duração de minha ausência, tomei um último banho de banheira para Patrick, a quem desmascarei com um gritinho, me despedi de meus primos e tomei o trem para a Itália. Jean-Marc, supondo que eu só viajaria na noite seguinte, estava no liceu quando parti. Seus pais, em compensação, sabiam que o desencontro havia sido proposital e pressentiam que a viagem não tinha volta. Mal disfarçavam o alívio, Jean-Marc vinha decaindo muito nos estudos, circunstância que, à falta de outra explicação, atribuíam a mim.

"Quanto a Peter, literalmente desapareceu atrás das nuvens com seu balão novo e dele nunca mais ouvi falar. As saudades que envolvem simples prazer são em geral mais leves. Paixão complica muito as coisas, você não acha? Como complica... Jean-Marc, coitado, morreu na guerra pouco depois. Dizem que tomou um tanque de assalto à baioneta. Ah, os homens, sempre oscilando entre seus tanques e seus pianos, suas baionetas e seus balões...

16

— Poucos dias antes da viagem para a Normandia, Anne-Marie e eu havíamos conhecido um pianista na platéia da Salle Gaveau. Estava sentado um pouco atrás de nós e, no primeiro intervalo do concerto, me havia mandado uma caixinha de bombons com um bilhetinho cheio de galanteios incompreensíveis. No segundo, ofereceu a Anne-Marie um chocolate quente e a mim uma taça de champanhe. Chamava-se Paul Nat, falava de uma maneira confusa e borbulhante, misturando imagens sedutoras à música e à poesia. Na saída, porém, nos perdemos: chovia muito, corremos as duas para um táxi, eu ainda vi seu rosto aflito me buscando na multidão. Anne-Marie ria muito e apertava meu braço, *Cousine, il vous cherche, ne vous cachez pas, cousine... Un si gentil garçon...**

"Eu só iria rever Paul Nat três anos depois, em Montparnasse, inteiramente por acaso, já no final de minha

---
*Prima, ele está atrás de você, não se esconda, prima... Um rapaz tão gentil...

estada na Europa. Não o reconheci, mas a julgar pela festa que me fez, poderia jurar que, naquele intervalo, ele não havia tocado uma só nota em seu piano sem pensar em mim.

"Paul era de uma deselegância estudada com suas roupas e, na maneira como deixava seus cabelos em desalinho, lembrava um pouco Jean-Marc. Não tinha mais de trinta anos, acreditava em muitas causas, queria ser compositor, político, pensador. Quando brincava com as palavras, ou forçava um pouco as emoções, me dava a impressão de estar testando novas idéias de um acervo em permanente efervescência. Por isso, apesar de encantador, era muito cansativo, eu sentia dificuldade em acompanhá-lo nessas suas viagens mais pessoais, bocejava com freqüência durante seus monólogos e isso o deixava meio intrigado. É difícil explicar, mas, diante de mim e do que eu vivera, ele parecia frágil e suas inquietações sem muito sentido.

"Ainda assim, acho que Paul, tudo somado, foi o que de melhor me aconteceu naqueles anos. Conheci, em sua companhia, pessoas interessantes, músicos e escritores, arquitetos e cineastas, jornalistas. Seus amigos não eram propriamente famosos ou bem-sucedidos, mas lidavam com personalidades muito conhecidas, um havia montado dois filmes de Marcel Carné, outro havia sido aprendiz no estúdio de Lalique e agora trabalhava com Erté, um terceiro escrevia para o *Figaro*, um quarto seria, tempos depois, assistente de Le Corbusier. Vivíamos nos cafés até altas horas, discutindo política e literatura, caminhávamos pelas ruas de Paris nas madrugadas, viajávamos em bando pelo sul da França, chegamos a morar num casarão em Nice todo um verão.

"Na época de nosso reencontro, porém, eu já era outra mulher, bem diferente da menina recém-chegada a Paris que Paul conhecera na Salle Gaveau, muitas coisas haviam acontecido comigo, com pessoas amigas minhas, eu convivia com heranças de meus dois anos na Itália e de viagens a Istambul e a Agadir, estava mais aberta para o mundo, mas, ao mesmo tempo, mais protegida em meus sentimentos. E o mundo, por sua vez, também se transformava terrivelmente ao redor de nós, a guerra quase chegando... O que complicou um pouco as coisas, a paisagem era cinzenta e já cheirava a chumbo. O reencontro com Paul teve, por isso, um sabor de despedida ligeiramente culpada, de quem sai da festa porque a casa vai desabar. Muitos de nossos amigos iriam morrer na guerra pouco depois.

"Além disso, àquela altura, eu me defrontava com problemas de outra ordem, boa parte de meu dinheiro já havia desaparecido, Flávio Eduardo deixava minhas cartas sem resposta, ou providenciava recursos menores a cada remessa. Segundo ele a fazenda ia mal, as cotações do café na Europa caíam com a proximidade da guerra, os advogados e homens de negócio por ele consultados me aconselhavam a vender as propriedades. Eu não queria, pelo menos por enquanto. Naquela fazenda havia plantado muito mais do que café...

"Comecei a me desfazer de minhas jóias, que não eram tantas assim, depois vendi discretamente algumas roupas. As roupas, de qualquer forma, não combinavam mesmo com meus novos amigos, que riam de mim. Eles eram um pouco *beatnik* antes da época, como Paul. Conheci o pai de Paul, uma vez, e o entendi melhor. Era o contrário dele, parecia um daqueles personagens dignos e de cartola que, nos segundos planos dos quadros de Renoir, acompanham de binóculos as corridas de cavalo.

"*Mais travaille, ma fille*, me dizia Paul irritado ao me sentir preocupada com a escassez do meu dinheiro, *remue-toi*! Paul insistia que eu fizesse traduções de autores brasileiros para o francês, queria me estimular a pintar, fazer cerâmica. Eu até tentei, comecei por *Dom Casmurro*, mas você sabe, Andrea, eu nunca havia trabalhado até então e não tinha tido qualquer problema ou ansiedade por conta disso. Achava que a obra realizada dos quatorze aos vinte e um justificaria uma existência sem elos e compromissos de qualquer ordem com pessoas, cidades ou trabalhos, como se eu me sentisse quite com os homens e seus rituais.

"Por outro lado, não me considerava uma mulher especialmente criativa, ou não me preocupava muito com isso. Admirava a energia das pessoas a meu redor, mas não as invejava. O que me acontecera aos quatorze anos havia podado alguma coisa dentro de mim, me tornado estéril. Você sabe, Andrea, nem filhos consegui ter. Não que tenham feito muita falta... Quer dizer, não sei, essas coisas são difíceis de avaliar. No começo de minha vida com Carlos Augusto e, mais adiante, em Paris, ainda tomei alguns cuidados, mas com o tempo fui me desligando do assunto. Você, um dia, gostaria de ter filhos?

— Um dia, sim, gostaria.

— Eu só fui pensar nisso, com vontade, quando me casei com Joaquim Guilherme, mais por ele que por mim, enfim, não sei... Onde é que eu estava?

— A questão do trabalho...

— Ah, pois é, o trabalho. Paul, quem sabe com razão, achava estranha minha atitude, cobrava de mim gestos e decisões. Nós então brigávamos e eu desaparecia por umas semanas, ia para a Sologne, onde uma amiga tinha um refúgio no meio da floresta, ele se desesperava, escrevia mil cartas loucas que eu não respondia. Aliás, com Paul, por culpa mais minha que dele, tudo eram rompimentos, reencontros, súbitas crises de ciúmes, surpresas, histórias mal contadas...

"Essa amiga que tinha uma casa na Sologne também foi importante em minha vida. De certa forma, com ela, posso até dizer que trabalhei. Foi importante, entre outras coisas, porque me fazia rir. Era uma mulher forte e muito segura de si, bem mais vivida do que eu. E mais velha, tinha uns trinta e poucos anos. Um contraste em relação a meus primeiros meses de Paris, período marcado por uma constante duplicidade amorosa — e que havia culminado naquela fuga cheirada em uma garrafa de licor. Porque, justamente, conheci Marie-France no trem, ao escapulir de Paris rumo à Itália. Ela me transmitiu uma impressão instantânea de solidez. A meus olhos era um ser acabado e resolvido. Você entende?

— Entendo...

— Entende mesmo? Engraçado... Certas fases de minha vida às vezes até parecem que foram como que comprimidas, tudo se passou muito rápido e muito cedo. Enfim... Me perdi mais uma vez.

— Marie-France.

— Marie-France... Eu estava escolhendo meus pratos com carinho, percorrendo o cardápio, sentada sozinha em minha mesa, quando o trem em que viajava fez uma parada em Genebra. Lá fora chovia. Uma mulher entrou diretamente no vagão-restaurante e ficou conversando pela janela com duas amigas na plataforma. Sempre fui bastante metódica ao escolher minha comida, por isso não prestei muita atenção ao que acontecia em volta. As mulheres em geral delegam a seus companheiros o diálogo com garçons — eu não. Mesmo acompanhada, não abria mão de meu direito de escolher com critérios próprios, fazer perguntas. E isso até hoje. Imagine se, após matar um homem, eu iria me intimidar frente a um garçom! Quanto mais meus amigos homens se impacientavam nos restaurantes, mais eu conversava com os garçons.

"Escolhida a comida, um copo de *Bordeaux* a minha frente, eu respirava satisfeita quando o trem se pôs novamente em movimento. Ainda escutei as últimas risadas das três mulheres que se despediam atrás de mim. Pareciam de bem com a vida. Eu também... E recordava o prazer culpado com que, poucas horas antes, havia vivenciado a partida da Gare de Lyon. Eu tivera receio, até o último minuto, de que Jean-Marc irrompesse pela estação adentro. E sorria pensando na carta deixada sob seu travesseiro: *Je reviendrai, je te le jure,** mentia em um papel todo amassado, sugerindo, com isso, soluços e ansiedades.

---
*Voltarei, juro.

"Mas e se ele, adivinhando o pior, tivesse regressado à casa antes da hora, lido o bilhete e corrido até a estação? Ainda ria comigo mesma, abrindo o guardanapo sobre meu colo, quando um rosto de mulher, sorrindo entre as pequenas ondas de calor, apareceu refletido nos vapores de meu *consommé*. Era como se aquele rosto se tivesse superposto ao de Jean-Marc e o sorriso encontrasse o meu. A mulher tirou a luva, fez um gesto para a cadeira em frente a minha e perguntou: *Vous permettez?*

"Trazia alguns pingos de chuva presos à gola do casaco, que abriu e colocou sobre o encosto da cadeira. Sentada, olhou diretamente para mim, disse *qu'est-ce qu'il fait bon ici*, esfregou as mãos com prazer e energia, acrescentou um *je crève de faim*, sorriu com dentes de loba para o garçom e pediu champanhe. Parecia muito satisfeita consigo própria, como se tivesse fechado um bom negócio ou pregado uma merecida peça em um marido chato. Em seguida, exatamente como eu havia feito, discutiu com o *maître*, em detalhes, a composição dos pratos que escolhia, e a conversa foi tanto mais interessante quanto eram poucas as opções e rica a maneira como eles se aprofundavam no diálogo. Coincidimos na escolha. Em nenhum momento me perguntei por que cargas-d'água ela se sentara a minha mesa, se havia tantas outras disponíveis àquela hora, parecera-me um gesto simples e natural. Contou que era dona de um restaurante em Paris, acabara de passar uns dias em Genebra e se dirigia à Itália a negócios. Conversamos sobre bobagens, falei um pouco de mim e nos divertimos muito a noite inteira. E foi assim, quase sem sentir, que atravessamos a

fronteira. Há uma coisa tão simbólica nessas travessias, você não acha? Você gosta de viajar, Andrea?
— Adoro.
— Você já viajou muito, Andrea?
— Não, muito não...
— Ah, que pena...

17

As andanças de Guilhermina pela Itália permanecem até hoje mergulhadas no mais impenetrável dos mistérios. Lembro-me de haver feito várias perguntas sobre aquela fase de sua vida, a que ela sempre respondia de maneira evasiva. Hoje, é claro, entendo por quê. E bem posso imaginar o turbilhão de aventuras em que ela se terá metido com Marie-France naqueles anos. Teria permanecido por muito tempo na Itália, ou costurado idas e vindas entre as fronteiras mais variadas?

Pela chapeleira e pelas confissões de minha tia, havíamos sabido de uma viagem a Istambul, outra a Agadir. Fernando se perguntava se ela teria participado da contratação das anãs verdes. Eu ia além. Em uma de nossas tardes no sítio, Guilhermina, sem se referir aos países por que passava na ocasião, mencionara um susto vivido numa fronteira, quando suas malas haviam sido inesperadamente abertas e revistadas pela polícia com uma minúcia inusitada. Nada de errado tinha sido encontrado. Por que, então, falar-me do episódio com meias palavras, deixando no ar uma impressão de susto e de angústia? Marie-France, um produto óbvio do *bas-fond* parisiense, teria aproveitado a ida de Guilhermina a Istambul para lhe fazer alguma encomenda? Por que dissera, certa vez, *com ela, posso até dizer que trabalhei*?

Eram considerações como essas que eu havia omitido a Fernando, com receio de que ele, até justificadamente, fosse levado a enfatizar o que mais pertencia ao mundo das conjecturas. Mas o tema se prestava a determinadas elucubrações, isso era inegável, sobretudo à luz daqueles dois anos encobertos por silêncios e omissões. *Banquete oferecido por Edouard*, registrava a anotação a lápis nas margens de um menu. Quem teria sido aquele personagem com quem jantara em Istambul?

De sua fase italiana, apenas um episódio havia ficado, um momento a que Guilhermina se referira com certa riqueza de detalhes, o de seu encontro com a baronesa di San Rufo, a Maria Stella das lembranças de seu marido, durante as comemorações do nonagésimo aniversário da velha senhora, no castelo da família próximo a Sardone. Com que patrimônio de lembranças Guilhermina havia atravessado os portões da antiga propriedade onde o marido vivera sua inesquecível aventura... Com que emoção aguardara, na companhia de dezenas de parentes, de amigos e de gente simples da região, que Maria Stella pousasse os pés nos mesmos degraus de pedras a partir dos quais, quase sessenta anos antes, deslizara até Carlos Augusto... E a baronesa, depois de longa espera, tinha finalmente surgido nas galerias superiores do castelo e descido a escadaria, só que, para surpresa de Guilhermina, miúda e toda encolhida nos braços fortes de um empregado.

Mas a situação não havia sido, nem remotamente, constrangedora, ou patética. Ao contrário: até servira para realçar a dignidade com que a baronesa agradecera, com um gesto de sua pequena mão, os aplausos dos presentes, que gritavam, entusiasmados, *Viva la Baronessa! Auguri Baronessa!*, abrindo espaço para ela à medida que baixava. Guilhermina esperara que os parentes e amigos mais íntimos se afastassem um pouco para também apresentar, com uma pequena reverência, suas homenagens à velha senhora agora pousada em uma grande poltrona de veludo vermelho ao fundo da sala. *Sono Guilhermina, la cugina venuta dal Brasile*, dissera com um sorriso, acrescentando em tom mais baixo, *la vedova di Carlos Augusto*. E, diante do olhar trêmulo e meio distante da baronesa, que parecia flutuar de um rosto a outro, relembrara que lhe havia mandado uma notinha desde Florença, três semanas antes, anunciando sua passagem pela região, a que ela havia respondido com um convite para as comemorações de seu aniversário.

A baronesa ouvia, mas continuava sem entender. Não parecia em condições de poder associar Carlos Augusto, de quem talvez mal se recordasse, a uma viúva mais jovem do que suas próprias netas. Dissera apenas *Brasile... ah, si... Brasile, anch'io ho dei parenti lí... Che bello dev'essere il Brasile...**, sorrira pensativamente e já ia desviando sua atenção quando, num

---
*Brasil... ah, sim... Brasil, eu também tenho parentes por lá... Que belo deve ser o Brasil...

súbito lampejo de lembrança, se voltara para perguntar: *E gli schiavi, sono stati finalmente liberati**? E, sem esperar por uma resposta, estendera sua mão a outra pessoa, deixando Guilhermina perdida em meio a saudades que sequer lhe pertenciam.

O que também desorientara Guilhermina, contribuindo para aumentar sua sensação de desamparo, havia sido verificar que, no lapso de tempo que separava sua visita da de Carlos Augusto, o vilarejo de Sardone se transformara em uma pequena cidade, crescendo até quase os muros do castelo (que talvez por isso nem parecera tão imponente quanto as memórias do comendador haviam sugerido) e deslocando, nesse processo, os campos e vinhedos para terras mais longínquas. Tantas haviam sido as mudanças que até um restaurante funcionava agora no antigo porão, a que os freqüentadores tinham acesso por um elevador. Guilhermina comera qualquer coisa no restaurante, àquela altura quase vazio — a cidade inteira festejava a baronesa nos andares superiores —, e visitara as instalações com atenção, procurando, com a ajuda das ilustrações dependuradas nas paredes, resgatar o local aproximado dos prazeres vividos, meio século antes, entre aqueles mesmos muros.

— Você sabe, Andrea, quando não se debatia em seus pesadelos, Carlos sonhava freqüentemente com sua baronesa. Ela havia sido uma presença muito forte em sua vida. Ele tinha sonhado com Maria Stella na mesma tarde em que havíamos

---
*E os escravos, foram finalmente libertados?

descido até a adega. E me havia contado o sonho, o daquela mulher de extraordinária beleza e graça, conduzindo um adolescente em transe por um emaranhado de escadarias, entre risadas abafadas que ecoavam pelas sombras, para despi-lo e contemplá-lo longamente, muito antes de se aproximar para tocá-lo. Ele falara da maneira como Maria Stella finalmente pousara a mão sobre seu corpo, sem qualquer inibição, como se ele fosse feito de barro e ela estivesse ali para lhe dar forma e conteúdo. E me descrevera o momento preciso em que ela se despira de um só gesto e ele, intimidado, se deitara contra as pedras do chão da cela, sem sofrer com o frio que lhe congelara as costas.

Por isso, com aquela visita ao castelo, Guilhermina de certa forma também prestara uma homenagem aos últimos momentos de Carlos Augusto, como que fechando um importante ciclo para ambos. Tanto que, ao regressar da Europa, havia ido logo visitar o túmulo do ex-marido, de modo a exorcizar aqueles momentos vividos na Itália e se desfazer da sensação de desamparo que a acompanhava desde Sardone. Entre os muros do castelo havia passado alguns minutos com uma velha senhora que não mais se lembrava da jovem deusa que descera aqueles mesmos degraus para cravar raízes na memória de um estrangeiro. Só os escravos haviam sobrevivido ao teste do tempo, e assim mesmo remotamente, como um fragmento de papiro que, exposto à luz, se desfaz em pó nas mãos de um arqueólogo.

No castelo, Guilhermina havia indagado pelo marido de Maria Stella, o barão Raffaele Rinaldo di San Rufo. Entre os presentes, os mais jovens nada sabiam a seu respeito e os mais velhos haviam visivelmente evitado o assunto, lançando sobre ela olhares constrangidos. Mas, em uma roda de antigos empregados que conversavam num canto do saguão, Guilhermina soubera que o barão havia sido misteriosamente assassinado trinta anos antes, contra os muros do convento frente ao castelo, após lutar com assaltantes que o haviam surpreendido ao regressar de uma caminhada. Seu corpo nu, com sinais evidentes de tortura, fora descoberto nas primeiras horas da manhã por dois pastores de ovelhas.

— Antes de deixar a cidade, visitei então o convento e tentei conversar com os religiosos sobre o episódio, sem que eles se dignassem a responder minhas perguntas. O velho barão, um ser inofensivo e tão assumidamente cúmplice de sua bela mulher, pagara, contra os muros do convento, algum pecado mais pessoal com a própria vida. De que pecado se tratava, nem aos muros caberia perguntar. Na saída, um monge caquético e ensandecido havia subitamente emergido de uma sombra e girado diversas vezes a meu redor no pátio ensolarado, sacudindo sua batina esburacada e gritando com uma voz esganiçada *Raffaele Rinaldo di San Rufo, Raffaele Rinaldo di San Rufo, Raffaele Rinaldo di San Rufo...* Como era velho aquele homem esquelético e desdentado, com sua batina surrada, no meio de sua pequena nuvem de poeira... E como ficara velha a baronesa, diminuta em suas sedas, entre os braços fortes de um empregado... Deixei Sardone com aquele eco nos ouvidos, *Raffaele Rinaldo di San Rufo, Raffaele*

Rinaldo di San Rufo... Ah, Andrea, o tempo... E agora a velha sou eu. Você me acha muito velha, Andrea?

— Não, tia, claro que não.

— Tem certeza, Andrea?

— Tenho, tia, claro que tenho...

— Andrea... Mentirosa, igualzinha a seu avô...

— Por quê? Vovô mentia muito?

— Mentia, para mim... Mentia como mentem os irmãos mais velhos para as irmãs caçulas, sem causar grandes danos aparentes, a mim nem a ninguém, mas me dando a impressão de que mentir era até um jeito legítimo de preservar certas conquistas junto a pais ou a desconhecidos, um pouco como os cachorrinhos recém-nascidos defendem seus territórios. Claro que aprendi com ele a mentir também, mentia para minhas bonecas, para meus gatos, e isso me ajudou muito nos meus anos de casada: Carlos Augusto virou uma criança em minhas mãos, uma espécie de enorme boneco de carne e osso, sem grandes chances de defesa. Mais tarde, porém, não sei bem, fiquei perdida em meu cipoal de meias verdades, buscando a saída sem confiança em mim ou nos outros. No fundo eu teria até gostado de escapar daquela enorme neblina em que vivi minha vida adulta. Faltou coragem. Foi por isso que, quando Joaquim Guilherme morreu, comprei estas terras e me meti aqui em Goiás, dei uma de Greta Garbo, *I want to be alone* — você sabe, eu conheci a Greta Garbo em Paris...

— ...é? ...a Greta Garbo?

— ...no *Fouquet's*, ela estava na mesa ao lado, com várias mulheres que pareciam manequins, além de um grupo de americanos barulhentos que fumavam charuto e pediam champanhe sem cessar. Comemoravam a estréia parisiense de *A dama das camélias*. Trocamos até algumas palavras, ela me proibiu, brincando, de ver o filme... *It iz térrible*, disse rindo de sua mesa. Tinha bebido um pouco, mas o olhar brilhava... Como brilhava aquele olhar!... Depois daquela noite, nunca mais acreditei que ela fosse, como se comentava, triste e reservada. No *Fouquet's*, pelo menos, ela parecia até feliz, ria muito, brindamos todos por entre as mesas. Na saída ela se virou e ainda nos mandou um adeusinho. Vi a foto dela outro dia num jornal, tão acabada, se escondendo atrás de enormes óculos escuros, a gola do casaco fechada até o pescoço... Mas ali éramos eternas, naquele curto espaço entre as mesas, com nossas taças e nossos amigos, não nos escondíamos de ninguém... A vida tem seus momentos... Ela teve os dela, eu tive os meus. Ela teve, é claro, seus segredos. Melhor assim. Imagine que chatice, saber *tudo* sobre Greta Garbo. Tão melhor imaginar...

— E vocês nunca mais se encontraram?

— Moramos juntas uns dez anos aqui em Goiás. Mas, por favor, não conte para ninguém...

— Tia...

— Mentirosa, igualzinha a seu avô...

18

E o que fazer agora desses textos que, no fundo, nem me pertencem? Selecioná-los um pouco para mostrá-los a Fernando?

Quando comecei a escrever sobre Guilhermina, eu já pressentia que sua história era dotada de vida própria. Numa das tardes passadas em sua companhia, no sítio, eu havia, inclusive, me dado conta dessa espécie de autonomia. Era como se um figurante anônimo, perdido entre dezenas de personagens em alguma grande tela, de repente aproveitasse uma brecha entre a sonolência e a atenção do observador para saltar do fundo de seu cenário, aterrissar no primeiro plano das imagens e, quase em seguida, não contente com a proeza, escorregar pela beirada da moldura até o chão, para então fazer livremente uso da palavra. Era a impressão que Guilhermina me havia deixado, ao romper as distâncias de silêncio, tempo e espaço em que se encontrava confinada.

Pensar que Fernando, pelo menos de início, ainda havia hesitado entre duas histórias, a nossa e a de Guilhermina! Mas eu não. Primeiro, porque nosso passado, em Los Angeles, não foi assim tão marcante. Eu era casada e, apesar do provincianismo de Murilo, meu primeiro marido, gostava dele, com seus ciúmes e suas bicicletas. Nada mais repousante do que viver com um vendedor de bicicletas. Segundo, porque minha história com Fernando, a mais pessoal, quando finalmente aconteceu, naufragou quase às margens da cachoeira onde nascera. Guilhermina era exigente. A reconstituição de sua vida não deixava espaço para outros eventos. E, assim, a tia que indiretamente me reaproximara de Fernando dez anos após Los Angeles, me afastaria dele ao preencher todos os espaços disponíveis em nossa história.

Quanto a isso, porém, não tenho queixas. Tudo somado, prefiro até estar com Fernando como amiga. Nosso reencontro tem raízes no passado, sim, mas no passado alheio. Imagino que ele, no devido tempo, concordará comigo. As pessoas às vezes entram em certas coisas por curiosidade, para conferir o gosto de sensações antigas. E não há mal nisso. Mas insistir é perigoso, perde-se o passado, sem construir grande coisa no presente. Não quero aqui parir verdades definitivas, digo o que sinto. E se alguma coisa aprendi com as alegrias e frustrações de Guilhermina, foi situar meus sentimentos e expressá-los com clareza, pelo menos para mim mesma.

A entrada de Fernando em cena, porém, foi essencial para me fazer rever Guilhermina sob novos prismas, abrindo brechas para possibilidades até então inexploradas. Fernando, quem sabe sem querer, me estimulou a reproduzir internamente o comportamento de minha tia em seus primeiros anos de casada, quando, por motivos estratégicos, ela mergulhara no cotidiano de seu comendador de maneira quase abstrata, conseguindo, pelo fio condutor das estripulias do velho marido, compartilhar com ele fragmentos inteiros de seu passado.

Ao repassar, eu própria, a história de Guilhermina dessa forma mais solta e mais aberta, adivinhei muito do que não vi. Quem sabe Fernando contasse com isso secretamente... Só que, nesse caso, terá cometido um pequeno erro de avaliação, pois nada direi sobre esses vôos mais hipotéticos. O roteiro imaginado não será filmado, mesmo que cenas inteiras se esgoelem por entre as linhas, ou que refletores tentem iluminar alguma teia de aranha. As lentes nada verão, nem ópio, contrabandeado em alguma fronteira, nem tráfico de escravas brancas. Sinto até um prazer secreto em preservar o que não é meu, em declarar tombado o que provavelmente nunca existiu.

Diversas vezes me perguntei se a motivação de Fernando para reconstituir a história de Guilhermina se limitaria a seu desejo de fazer cinema. Para quem faz cinema, ou quer fazer e não consegue, tudo é cinema. É claro que, em um primeiro momento, ele apenas cedeu à tentação de mergulhar em nosso passado, de revisitar nossos tempos de Los Angeles. Mais adiante, porém, sua motivação terá residido em jogar com os personagens, trabalhando um pouco o lado quebra-cabeça da velha história, buscando a peça que daria maior sentido a todo o conjunto. Mas — e até Fernando sabe disso — essas peças, quando existem, estão sempre perdidas em outros jogos.

Assim é que, hoje, quando nos reencontramos para conversar sobre o que ficou de nosso trabalho (nem duas centenas de páginas se materializaram, entre a produção ostensiva dele e a minha), sou levada a descartar todas as hipóteses — e a acreditar, pura e simplesmente, no fascínio de Fernando pela magia, pelo acaso, pelo inesperado. Magia, entre outras tantas, de uma noiva ensangüentada que sonha com seu algoz trancafiado atrás de grades — e, na manhã seguinte, abre a porta que a conduz, escadarias abaixo, até seu sonho. Acaso que proporciona, no vácuo aberto por vulnerabilidades de todo tipo, a superposição de um rosto sobre outro nos vapores de um *consommé*. Inesperado, fundamental em nossa história, que brota de um velho convite esquecido em uma caixa de correio, cujo destino teria sido o lixo — não fosse o termo *criado-mudo*, com seu cheiro de passado e suas barbatanas de colarinho.

Criados-mudos, barbatanas e velhos retratos paternos à parte, Fernando sempre se deixou seduzir pelos aposentos, móveis e pequenos objetos de nossa história. A ponto, inclusive, de me levar, em uma de nossas últimas tardes no sítio, a reconstituir com ele o espaço físico da antiga fazenda, tarefa que me pareceu gratuita e cansativa. Talvez estivesse apenas exercitando seus dotes de cenógrafo, não sei. O fato é que, por horas seguidas, havíamos passeado nossas lanternas por entre as curvas, as escadas e os corredores do passado, atrás de algum elo perdido — que não se havia materializado, por mais que eu me esforçasse em dar vida às salas e ao mobiliário do velho cenário. Fernando havia registrado os quadros, os objetos de adorno, as cortinas e as porcelanas, mas seu interesse maior se concentrara nos armários e nas cômodas, como se, movida pela simples força de sua curiosidade, eu tivesse o poder de abrir, para seus olhos, velhas gavetas... (Poder que naturalmente tenho e não exerci por um capricho até sublime.)

A conversa felizmente mudara de rumo quando, em meio àquele insano (e, a meus olhos, inútil) esforço de reconstituição, havíamos finalmente chegado ao quarto de Guilhermina. Atravessada a porta, examinados os livros da estante, apalpada a colcha da cama estreita, tínhamos aberto a janela que se debruçava sobre tantas e tão intermináveis paisagens. E como eram belas aquelas telas, com seus ecos, cores, formas e perfumes que desafiavam o próprio tempo. *Como era possível pintar assim?*, ela se havia perguntado. E quem teriam sido aquelas pessoas que, em outro quadro, outro tempo e outra cidade, se abraçavam numa calçada?

19

Atrás de seus silêncios e omissões, Andrea com certeza terá escondido coisas de mim. Nos primeiros dias de nosso reencontro, no *Criado-Mudo*, ela havia falado livre e torrencialmente sobre sua tia. Aos poucos, porém, foi reduzindo o fluxo de sua história, até calar-se por completo e deixar minhas perguntas sem resposta. O depoimento que, a meu pedido, ela afinal me havia confiado, assemelhava-se a uma sinopse e parecia resultar da redução de outros textos, como se tivesse redigido um trabalho de maior envergadura e guardado os resultados finais para si própria. Um direito dela, é claro, que não causou qualquer mal-estar entre nós — continuamos amigos, apesar de nos termos visto menos ultimamente. Mas uma atitude que tenho dificuldade em assimilar. Mesmo porque, quanto menos Andrea falava, mais transparente ficava para mim a riqueza de seu silêncio — e mais aguçada minha curiosidade.

Como não entender, então, minha vontade de seguir investigando o assunto? Já não me parecia possível reduzir

Guilhermina e suas lembranças a mais um projeto engavetado. Sobretudo se, em sua chapeleira cheia de cartas e velhos papéis, certos endereços tinham me chamado a atenção. E eu havia transferido alguns deles para um pequeno caderno, que conservava junto a meus textos e apontamentos. Agira sem motivo aparente, como o repórter que anota detalhes para melhor enraizar sua história na realidade. As ruas tinham nomes poéticos, evocavam trechos de filmes, faziam pensar em Arletty, Jean Gabin, Michelle Morgan, Jean-Louis Barrault, todos metidos em capas de chuva, debaixo de boinas, ou em camisetas listradas, roupas de pierrô, dizendo *salut patron, bonjour mon petit, merci ma belle...*

É verdade que, a partir da época em que Andrea passou a se desinteressar mais ostensivamente de nosso projeto, dando até sinais de impaciência, comecei a rever essas anotações com outros olhos, perguntando-me que destino haviam tido aquelas pessoas, se estavam vivas ou mortas e que vida teriam levado no meio século que nos separava. Passava em revista meus endereços parisienses, tentando imaginar os caminhos por onde Guilhermina, antes da guerra, havia passeado com seus amigos e conhecidos. As ruas e ruelas equivaliam, em minha imaginação, ao tufo de cabelos ruivos a partir do qual um velho fantasma lançara, a seu fiel amigo, uma ponte iluminada. Só que, em minhas buscas, o comendador já não emergia como protagonista. Ao contrário, diminuía em estatura e importância a cada dia, cedendo espaço a outras figuras e personagens. Nada impedia, no entanto, que de repente regressasse ao primeiro plano, sacudindo suas grades ou cantando sua ária de ópera na adega. Com

Guilhermina e suas aventuras, era difícil prever que novos atores pisariam no palco e que outros ainda aguardavam, nos bastidores, o momento de voltar à cena.

Mas toda história quase sempre tem dois ou três divisores de água, como movimentos que se sucedem em um concerto. E se, a meus olhos, o reencontro com Andrea representou um deles — e a chapeleira com seus tesouros talvez um outro —, minha vinda para Paris, ao abrir novos horizontes para Guilhermina e seus personagens, certamente assinalou um desses instantes de convergência.

Assim é que, quando fui chamado à reitoria para ser informado sobre a participação da universidade no projeto França-Brasil, recebi com muita alegria, mas sem grandes surpresas, a notícia de que havia sido convidado para substituir um colega que, à última hora, caíra de cama com hepatite. Uma viagem a Paris... Passei logo a associar, em minha cabeça, os endereços de Guilhermina aos dos filmes de minha adolescência, tantas vezes vistos e revistos: *Rue de la Harpe, quai Voltaire, place Clichy, boulevard du Crime, rue Fontaine, place Blanche...* E já me perguntava se deveria ou não falar com Andrea sobre mais essa ironia do destino, quando, em meio à brisa do *quai des Brumes*, ouvi a voz distante do bom reitor, que brincava comigo frente aos presentes: *Nosso professor já embarcou...* Tinha razão o arauto de minha partida: não existe melhor notícia do que uma viagem inesperada.

Acabei não falando do convite para Andrea. Ela tentaria me dissuadir de enveredar por esses caminhos, o que criaria uma área de constrangimento entre nós dois. Não a culpo, embora discorde dela. Minha visão das coisas é simples: apesar de guardiã fiel, Andrea não detém direitos de exclusividade sobre a história de sua tia. Tem o poder, que exerceu, de se recusar a abrir determinadas portas para mim. Mas não o de impedir que eu busque outras saídas.

Por isso, quando procurei meu passaporte para providenciar os vistos e dei acidentalmente de cara com os velhos endereços guardados na gaveta, interpretei a coincidência como um sinal adicional da velha senhora para mim. E não hesitei mais: sem fazer disso uma meta prioritária, decidi ver se era possível, em minhas folgas parisienses, dar algum seguimento a nossa história. E prometi a mim mesmo contar tudo a Andrea na hora certa, o que talvez venha a fazer um dia.

Nas minhas primeiras semanas de Paris, no entanto, cheguei a esquecer do assunto, tão tomado estava pelo trabalho e pelas novidades. Não conhecia a cidade. Em minha única viagem à Europa, anos antes, a caminho dos Estados Unidos, o dinheiro de estudante não dera, sequer, para passar da Espanha e da Inglaterra. O trabalho na Sorbonne, por outro lado, apesar de interessante, apresentava diversos desafios para mim, a começar pelo idioma, que falo mal. Mas tudo me encantava. E as pequenas cenas do cotidiano a meu redor iam aos poucos se instalando dentro de mim, fundindo-se às imagens tomadas de empréstimo às telas ou aos livros de minha infância e adolescência. Até que, numa tarde chuvosa em que me encontrava na *Closerie des Lilas*, entre os fantasmas de Hemingway, Fitzgerald e Modigliani, a observar as pessoas que passavam com pressa pelo *boulevard Montparnasse*, senti a presença de Guilhermina, sentada bem a meu lado, lendo um jornal.

Bem sei que, cedo ou tarde, chegarei, como muitos antes de mim, a um estágio qualquer de insanidade. A perspectiva, longe de me assustar, de certa forma até me seduz: gosto do tipo de poesia que toma conta das pessoas quando ficam senis. Mas preferiria adiar esse momento, a meu ver inevitável, um pouco mais. Quero casar, ter dois ou três filhos, fazer um filme, ser aceito por algum clube respeitável. Por isso, a presença de Guilhermina na mesa ao lado, longe de me agradar, me preocupou.

Lá fora, a neblina começava a apertar. As pessoas apressavam cada vez mais o passo a caminho de suas casas. A mulher a minha direita, no entanto, continuava lendo, com seus cabelos ruivos a quatro palmos de meus ombros. Na realidade, pensei, me observava. Consegui, a duras penas, resistir à tentação de me virar. Recolhi meu troco e saí sem olhar para trás.

Nos dias que se seguiram, porém, o cerco se fechou. Guilhermina me acompanhava por toda parte, interferia em minhas escolhas nos *bistrots* (onde me fazia pedir pratos desnecessariamente caros ou complicados), me metia em ruelas desconhecidas, me perdia em becos e passagens inesperadas, sem contar no que fazia à noite, quando se materializava contra as sombras de minhas paredes, misturada ao néon vermelho do anúncio do Cinzano que piscava da fachada oposta a meu hotel. Guilhermina, no fundo, cobrava providências. Não parecia justo, a seus olhos, que meu pobre colega de universidade tivesse tido hepatite à toa. Fraco e disciplinado que sou, cedi a essas pressões. E, de caderninho em punho, recuei cinqüenta anos: voltei aos rastros de sua história.

20

Andrea só se referira aos Gervoise-Boileau em termos muito genéricos, um casal, três filhos, sendo que o mais velho, ao que parece, estivera um pouco apaixonado por sua tia. Com ele tivera uma rápida aventura. Da menina, pouco sabia (Guilhermina e ela jogavam cartas juntas, iam ao teatro vez por outra), e do mais moço, quase nada. Mas aquela vertente parisiense da família Maia Macedo com certeza desempenhara um papel de importância na trajetória inicial de Guilhermina na Europa. A tia de Andrea dificilmente teria passado seus primeiros meses de Paris em um ambiente banal ou incolor. Em alguma medida, os cenários deveriam estar à altura da personagem.

Pelo menos com respeito às instalações, de fato estavam. O *hôtel particulier* dos Gervoise-Boileau na *Avenue George V*, hoje reformado e convertido na embaixada do Kuwait, era um prédio de construção elegante e imponente. Segundo me informara o porteiro, a última operação de compra e venda se dera na década de cinqüenta. Já o projeto de reforma e restauração (disso ele estava certo, pois trabalhara na obra) datava do princípio dos anos sessenta. Mas a construção original era do fim do século. Dos Gervoise-Boileau, porém, nem ele nem os vizinhos haviam ouvido falar. *Non, je regrette, non, je ne vois pas du tout. Essayez le bottin.**

Bati então pernas pela cidade atrás de pistas que me levassem até a velha família, ou seus descendentes. Muitas andanças, muito metrô, diversos telefonemas e alguns desencontros depois — quando Guilhermina já começava a dar sinais evidentes de impaciência — consegui resgatar o fio da meada. Mas não em Paris, e sim na Normandia. Aproveitando um fim de semana ensolarado, tomei um trem para Evreux e dali um ônibus que me conduziu, por estradinhas secundárias, até um vilarejo chamado Gervoissy.

Patrick Gervoise-Boileau está visivelmente intrigado com minha visita. *Du Brésil, dites-vous?*, havia indagado aos gritos (é meio surdo) no telefone, quando, depois de falar com incontáveis parentes seus, eu engatara com o ramo certo da família. Mas sabe aguardar, coisa que só se aprende com a idade. Aguardo também, enquanto conversamos sobre amenidades e ele me fala um pouco de Gervoissy e da região em que nos encontramos. Explica que sua família tem cinco séculos nessa parte do país e provavelmente descende de Charles Berry, um irmão de Luís XI que, por alguns anos, havia sido duque da Normandia em meado do século XV. Refere-se às

---
*Não, lamento, não conheço mesmo. Tente a lista telefônica.

guerras de religião que, por gerações, haviam dizimado católicos e huguenotes. Acrescenta que ele próprio passou parte da infância em um casarão encravado em um vale próximo ao vilarejo em que nos encontramos. Indaga se, do trem, eu não teria visto os contornos da propriedade.

Chama minha atenção para as características muito peculiares da construção, que descreve como um *manoir* marcado por um estilo muito próprio dessa parte da França, com madeira e pedras grossas compondo uma arquitetura *à colombage*, cujas origens remontam às incursões dos vikings à Normandia. Fala na Grande Cruz de Santo André, que ocupava toda uma parede do segundo andar do casarão. Recorre, com carinho, a palavras cuja sonoridade registro mecanicamente sem entender, *torchis, bauge, tillasse*, uma terminologia que parece enraizada como estacas em sua língua e seu passado. Prontifica-se, se eu estiver interessado, a me fazer visitar a propriedade, explicando-me que os novos donos são muito amáveis, mas raramente passam longas temporadas na região — são estrangeiros. Comenta que, de toda forma, os caseiros descendem em linha direta dos empregados que o ajudavam a caçar coelhos quando menino, ou a pescar nas margens do rio Iton, onde ele e seus irmãos também adoravam tomar banho.

Aos poucos, meu companheiro de mesa — tomamos um *kir* no *A la Salamandre*, na praça central de Gervoissy — parece se tranqüilizar com relação a minhas intenções e emite até alguns sinais de boa vontade em minha direção. Oferece-me um cigarro e indica ao garçom que a próxima rodada correrá por sua conta. É um velhinho esperto, de pele corada, usa bengala, veste roupas de inverno apesar do sol da primavera, calça de lã, jaqueta de camurça batida, camisa de flanela quadriculada, pequena boina à cabeça. Conta-me que, dez anos antes, ao se aposentar, não resistira à tentação de comprar uma casinha na região de seus antepassados, e que, hoje, só regressava a Paris para as festas de fim de ano. O resto do tempo vivia em Gervoissy. *On revient toujours à ses origines*, justifica. Interessa-se em saber como o localizei, e qual o assunto do livro a que me referi no telefone, uma maneira delicada de me levar a introduzir o motivo mais específico de nosso encontro.

Retomo um pouco o fio de minhas buscas e andanças para localizá-lo em Paris. Depois de muitos Gervoises que não eram Boileaux, e muitos Boileaux que não eram Gervoises, chego à empregada de sua irmã Anne-Marie que, na ausência de sua patroa, se havia amavelmente prontificado a me dar o número dele em Gervoissy. Com meu francês cambaleante, a conversa incorpora pedaços de outras línguas, da parte dele o italiano, da minha o inglês e o espanhol, em uma salada multicolorida que produz bons resultados com o apoio de alguns gestos e a aceitação mútua de lacunas inevitáveis. Explico, também, que sou professor e que estou na França por uns três meses em um projeto de intercâmbio entre universidades na área de cooperação audiovisual. *J'aime bien le cinéma*, ele diz, sem conseguir se recordar do último filme a que assistiu.

Mas comenta com emoção as obras-primas de sua juventude, falamos de Renoir, John Ford e Eisenstein, de Lang e de Chaplin, de Valentino e Greta Garbo, de *Nosferatu* e *À Nous la Liberté*. Falamos da *A dama das camélias*, que viu em companhia de seus pais, em 35, ou 36 — de toda maneira antes da guerra. Para ele, a guerra é uma referência obrigatória e o tempo parece se dividir em antes e depois da guerra. As expressões *c'était avant la guerre*, ou *c'était après la guerre* ressurgem sempre na conversa. Seu irmão mais velho morreu na guerra. Sua única irmã, hoje viúva, casou-se depois da guerra. O casarão na Normandia foi vendido antes da guerra. Greta Garbo estivera na platéia de *A dama das camélias* antes da guerra. Mas nem ele nem seus pais haviam conseguido chegar perto: ela saíra diretamente após a salva de aplausos que inundara a sala ao final da projeção. E no Brasil, faz-se cinema?

Ele agradece o convite que lhe faço para assistir a alguns dos filmes da seleção que estou projetando na universidade com um sucesso até simpático, anotando com uma letrinha miúda o endereço, as datas e os horários. Discorro um pouco sobre cada filme e ele escuta com atenção. Baseado em minhas sinopses, sublinha *Memórias de Helena* e *Como era gostoso meu francês*. Mas avisa, em tom gentil, que não irá a nenhum deles. Paris, só no inverno. Apesar da ressalva, dobra meticulosamente o papel com suas anotações, que guarda no bolso interno da jaqueta. Isso feito, ergue um sorriso amável para mim. Encerrados os últimos acordes da abertura, só me resta mandar subir o pano e fazer Guilhermina entrar em cena. O garçom serve outra rodada. Brindamos, *santé, santé. Au cinéma, au cinéma.*

Sim, explico, entre outras coisas também sou escritor nas horas vagas. Fazer cinema no Brasil não é nada fácil e a profissão de professor não enche barriga. E estou, no momento, às voltas com uma encomenda de uma editora, fui convidado a redigir a biografia de uma mulher de certa importância no Brasil, uma personagem até aqui desconhecida, recentemente resgatada do passado. É meu primeiro trabalho biográfico e ainda estou na fase de levantamento de material. E por aí vou.

O queixo pousado nas costas das mãos sobre a bengala, o velho senhor me escuta com atenção, curioso de saber onde é que vou chegar e, de modo mais especial, onde ele se encaixa nesse quadro. Nós nos aproximamos de Guilhermina lentamente, como duas naves espaciais que flutuassem serenas em dimensões transcendentais, eu vindo do planeta Terra e sabendo para onde vou, ele de olhos fechados, esquecido em Marte. Sentada em um asteróide, quem sabe lixando as unhas, Guilhermina aguarda em algum ponto do universo entre nós dois. Mas há qualquer coisa no olhar do velho senhor que começa, aos poucos, a mudar. É uma sutileza gradualíssima na cor dos olhos, que de azul passam, imperceptivelmente, para um tom vizinho ao cinza-claro, que logo escurece e se torna opaco. A cabeça se separa devagarzinho da bengala, o corpo vai se aprumando, como se pressentisse o calor de algum meteoro a segundos do impacto. No momento em que minhas últimas palavras e seu olhar convergem para o mesmo ponto no tempo e no espaço, meu ouvinte já virou rocha. E é com a voz fria e áspera que pergunta:

— Como diz?

— Guilhermina, repito. Não se recorda dela? Uma mulher jovem, pele clara, cabelos muito ruivos, de uns 22 ou 23 anos, que se hospedou com sua família...

— O senhor se equivocou.
— *C'était avant la guerre...*
— *N'insistez pas, Monsieur, vous vous êtes trompé.**

Levanta-se, pega sua bengala e sem mais uma palavra se retira. Antes de fechar a porta, já com os dois pés na rua, vira-se uma última vez em minha direção, como que em busca de algum tipo de confirmação. E, com uma expressão que me enxota de volta ao inferno de onde vim, bate a porta. O garçom troca duas palavras com a *patronne*, que enxuga copos atrás de seu balcão. Ambos me olham com desconfiança. *Esses estrangeiros...* e balançam a cabeça com tristeza.

---

*Não insista, o senhor se enganou.

21

— Patrick nunca perdoou Guilhermina pela morte de Jean-Marc. O senhor sabe, é duro perder um irmão mais velho, sobretudo quando se tem 17 anos.

A senhora a minha frente murmura sua frase com um sorriso de compreensão pelos sentimentos infantis de seres queridos, sentimentos que devem merecer de nossa parte uma tolerância toda especial. Por um momento me examina, como se tentasse descobrir o alcance de meu saber sobre um assunto que ela própria conhece a fundo: a alma humana. Não passo no teste, é evidente. Mas, nesse fim de tarde chuvoso, sou preferível à releitura de alguma velha revista, ou a uma reprise de *Guerra e paz* a que ela assistia na televisão quando a empregada anunciou minha chegada meia hora atrás.

— A senhora poderia me dizer por quê?

— Poderia, poderia... — suspira, quase cansada de administrar sozinha uma tamanha história. Mas permanece calada.

— Seu irmão Jean-Marc não morreu na guerra?

— Digamos que ele se matou na guerra. C'est *différent*, n'est-ce pas?

É, concordo. Melhor concordar com minha anfitriã. Só pelo tom de sua voz ao telefone, eu já havia entendido que eventuais áreas de divergência teriam que se reduzir ao mínimo essencial. A empregada serve um chá com dois pãezinhos diminutos. *Ils sont cuits à la maison*, explica Anne-Marie, que sopra o seu e o engole como um esquilo comeria uma avelã.

— A senhora então conheceu Guilhermina?

— Claro, fomos amigas. Meus dois irmãos viviam apaixonados por ela, mas Guilhermina, no fundo, se sentia mais à vontade comigo, éramos parecidas e companheiras, saíamos juntas, eu sabia muito sobre ela, apesar de ser mais jovem — meu Deus, que idade eu poderia ter naquela época, quinze anos, dezesseis?

— Foi antes da guerra...

— Muito antes, estamos falando de 1934 ou 35, no máximo 35. Guilhermina (pronuncia *Guilhermín*) não tinha, ela própria, mais que 22 ou 23. *Elle était tout à fait ravissante.** Imagine uma viúva tão jovem e tão desejável. Os homens ficavam enlouquecidos, desconhecidos prestavam-lhe grandes e pequenas homenagens a qualquer pretexto, nas ruas, nos restaurantes, nos metrôs. Soube, por acaso, muitos anos depois, que um compositor lhe havia dedicado uma sonata. Nos teatros, recebia bilhetes apaixonados, ou pequenas flores, dentro de caixinhas de bombons. Meu próprio irmão passava horas elaborando intermináveis poemas para louvar seus cabelos ruivos.

---

*Ela era simplesmente deslumbrante.

— Patrick?

— Não, o mais velho, Jean-Marc, o que morreu na guerra...

— Mas essa reação de seu irmão mais moço, Patrick, depois de tantos anos, de sequer tocar no assunto quando o procurei...

— *Un enfantillage*, um exagero, enfim, sabe-se lá, talvez ciúme misturado a culpa. Quando alguém morre, episódios corriqueiros mudam de cor. E o que talvez fosse *vaudeville* muitas vezes vira tragédia na cabeça de pessoas mais sensíveis. Difícil saber, depois de tantos anos. Eu, um dia, se puder, perguntarei a Patrick. (Hoje quase não nos vemos, ele praticamente só vem a Paris no inverno, quando eu própria estou na Espanha.) Mas que ele sofreu com o sofrimento do irmão, isso é certo. De nós três ele sempre foi o mais sensível.

— Com o sofrimento do irmão?

— Quando Guilhermina nos deixou. Um dia, ela simplesmente foi embora e nunca mais voltou. Ou se voltou nunca mais nos procurou. Jean-Marc quase enlouqueceu, parou de comer, não falava com ninguém. E Patrick não sabia o que fazer para aliviar a dor do irmão. Como as indicações que ela havia deixado sobre seu destino final eram muito vagas, Jean-Marc rodou Paris inteira atrás de pessoas que pudessem dar pistas sobre os endereços dela na Itália. E voltava sempre de mãos abanando, muito triste e deprimido. Ao refazer os circuitos percorridos por Guilhermina, terá, quem sabe, descoberto certas coisas... *On ne sait jamais, n'est-ce pas?* Deixou até seu canário morrer de fome. (*Vous vous rendez compte?*) O senhor sabe, eles tiveram uma relação mais... mais pessoal. Digamos, mais íntima. Enfim, *en un mot*, eles dormiam juntos.

Aqui um pequeno sorriso cúmplice de quem está disposta a perdoar determinadas fraquezas do passado, sobretudo porque envolvem pessoas que já morreram e cuja memória, tudo somado, convém respeitar. Por mim, nenhum problema. De toda forma, são coisas que aconteceram antes da guerra.

— Nunca toquei no assunto porque era negócio entre eles dois. Patrick sabia, os empregados sabiam, todos sabiam, menos eu e meus pais, que haviam optado por só desconfiar. Meus pais sempre foram pessoas muito práticas em assuntos pessoais. Mas uma madrugada em que acordei com sede e desci para beber água na cozinha, surpreendi Patrick agachado atrás da porta de Jean-Marc. Fiquei bem quieta tentando adivinhar o que acontecia. E adivinhei, é claro. Pobre Patrick.

— E por quê?

— O senhor já teve treze anos? Uma idade complicada, não?

Para mim, o curioso é escutar falar de pessoas *ao redor* de Guilhermina, como se observasse um quadro a partir dos personagens secundários. Por isso evito centrar nossa conversa mais diretamente no assunto que me traz ao pequeno apartamento na rue Cortambert (*oui, c'est sympathique ici, simple et coquet*), mesmo porque imagino que a senhora a minha frente não tenha pressa. Mas não conheço minha interlocutora: a conversa logo irá tomar um rumo inesperado.

Anne-Marie me faz falar sobre Guilhermina e as razões que poderiam levar alguém a escrever um livro a seu respeito. Como havia feito com seu irmão, procuro situar o projeto no terreno mais específico da biografia. Forçando um pouco os fatos, explico que Guilhermina tinha deixado uns tantos poemas, nunca publicados, que haviam chamado a atenção de seus descendentes, quando descobertos. Embora não justificassem propriamente uma edição — eram apenas interessantes se analisados no contexto de sua época e, nesse sentido, tinham até algum valor —, os poemas haviam estimulado a leitura dos diários de Guilhermina e, sobretudo, de sua volumosa correspondência. E esses papéis, esquecidos em um baú, haviam revelado a existência de uma cabeça de certa forma singular.

Como Patrick antes dela, Anne-Marie endireita o corpo em sua poltrona, só que em seu rosto brilha a chama da curiosidade e do prazer antecipado. A velha senhora deixa escapar um *tiens...* Parece seduzida por meu projeto. Se eu souber jogar meus trunfos e temperar minha história com detalhes que, a seus ouvidos, soem honestos e verdadeiros, poderei merecer uma segunda taça de chá e, quem sabe até, me credenciar a mais um pãozinho.

Passo a discorrer, em meu francês heróico e catatônico, sobre minha percepção de Guilhermina, uma mulher criada com as limitações e os preconceitos que, nas primeiras décadas deste século, prevaleciam entre as famílias do interior de meu país. Explico o milagre quase impossível de uma classe social, por definição acomodada e acovardada, produzir um ser humano tão diferente. Mas deixo claro que Guilhermina não havia sido exatamente uma pioneira. O país, muito ao contrário, tivera seu lote de pintoras, escritoras, musicistas e pensadoras, uma minoria atuando numa geração sobretudo masculina — mas que nem por isso se omitira. No seu caso, contudo, a novidade residia precisamente na *ausência* de uma obra.

No sentido mais convencional do termo, explico, Guilhermina não havia sido uma artista. Nem havia deixado herança que pudesse ser considerada um legado cultural. Também não fora uma revolucionária com o coração voltado para preocupações sociais — seu desinteresse por questões dessa natureza chegava a ser olímpico. Além disso, à exceção dos raros poemas, nada fizera que revelasse um desejo ou intenção de ser lembrada. Tampouco se podia dizer, como ocorre em certos casos, que ela se confundisse com sua obra. Ela *havia sido* sua própria obra. Então quem era aquela mulher? Com quem havia convivido? Que obstáculos havia superado? De onde vinha a matéria-prima de tantas memórias — apesar de tudo singulares? O que era genuíno e o que era falso em sua vida?

A saída era investigar. E, pelos registros de seu diário, pelas anotações feitas às margens da correspondência por ela recebida, em que comentava com fina ironia as críticas e os elogios de que era alvo, parecia claro que os quatro anos posteriores a sua primeira viuvez, seus anos de Europa, haviam sido vitais em sua formação. Mesmo porque quase nada havia ficado de outras fases. Como rompera com a família muito jovem, pouco restara de sua infância. Havia algum material sobre seu primeiro casamento, menos sobre o segundo e virtualmente nada sobre sua vida de mulher já mais madura, quando vendera tudo, comprara uma fazenda e se retirara para o interior de seu país. À exceção de uma sobrinha-neta, com quem convivera na etapa final de sua vida, nenhum parente ou amigo havia podido dar seu testemunho sobre ela. Tudo somado — e esse era o principal ponto a desafiar qualquer biógrafo — ela mais parecia um personagem de ficção. Se virasse livro, corria o risco compreensível de ser vista com reservas ou, até mesmo, desconfiança.

Anne-Marie me escuta com atenção. Mas, desde o início, segue sua trilha de memórias, como quem busca pontos de apoio em um acervo interno para iluminar, com luz própria, tudo aquilo que escuta. Seus olhos estão voltados para mim, mas só mereço um resíduo desse olhar, que viaja em outros tempos, outros cenários. Por isso é provável que até ela se surpreenda com a revelação que, de repente, deixa escapar:

— O senhor sabe, ela matou um homem.

E, diante de meu completo espanto, indaga em tom mais baixo, preocupada com sua possível precipitação:

— O senhor não sabia?

Por um bom tempo ficamos mudos, um em frente ao outro. Ergo minha taça e peço mais um chá. Ela me serve e acrescenta, como se falasse para si própria:

— Um homem até interessante.

— Ela lhe contou?

— Sim... e não.

É sua vez de falar (quem sou eu para abrir a minha boca?), de me trazer para suas trilhas. Seu discurso revela o espírito de observação de quem deseja aproveitar a ocasião para passar em revista um momento importante de sua vida. Tenho com ela a sensação — familiar quando converso com pessoas de certa idade — de que o tempo é curto e, por isso, os fatos já não podem ser manipulados ou distorcidos. Minha interlocutora, além do mais, é francesa, cartesiana, objetiva, concisa, magra e angular como os dois pãezinhos cozidos que a empregada volta a servir e que devoro em silêncio enquanto a escuto. Sinto-me como uma espécie de vampiro preso a alguma máquina do tempo: vampirizo memórias alheias. E o curioso é que nem meu francês constitui uma barreira, entendo quase tudo o que ela diz, como se eu agora viajasse no vácuo de suas palavras.

22

A paisagem campestre é a mesma que conheci em minha malsucedida tentativa de conversar com Patrick Gervoise-Boileau, mas estamos agora na Páscoa de 1934. Guilhermina passeia pelos bosques com Anne-Marie e fala de seu casamento com o comendador. Explica as razões que haviam levado sua família a casá-la com um homem tão mais velho do que ela. Um homem de muitas posses e, a sua maneira, fascinante. Um homem que, em seu tempo, havia viajado e amado belas mulheres, que gostava de comer e de beber bem, que era firme na condução de seus negócios e aberto em sua visão do mundo. Um homem que havia sido esbelto e forte quando moço e ainda trazia os vestígios dessas certezas na alma e na memória. Um homem que voara de zepelim, colecionara soldadinhos de chumbo, lera poucos livros, se casara muito tarde, não tivera filhos, ficara viúvo em um piquenique e trocara algumas terras por uma segunda noiva. Um homem que passava suas noites jogando xadrez com um único amigo e que não dormia sem antes dar um biscoito a seu cachorro.

Abraçadas pela cintura, colhendo e colocando flores nos cabelos, as duas jovens haviam feito longas caminhadas conversando e trocando idéias. Mas Anne-Marie ouvira as histórias de Guilhermina sobre seus anos de casada com reservas, pois a diferença de gerações entre os dois noivos lhe parecia absurda. Como vivia uma idade em que o amor se confunde com força e juventude, pensava que a prima, agora viúva, fazia as pazes com seu passado, retocando o que deveria ter sido um quadro pesado e sombrio. No entanto, ocultava suas dúvidas. Ou talvez não tivesse consciência delas.

Mas uma noite, Guilhermina, que compartilhava um quarto com Anne-Marie, havia tido um pesadelo e gritado duas ou três frases em português. A jovem, que não entendia o que era gritado, se assustara e tentara tranqüilizar a prima, murmurando algumas palavras em sua própria língua — e havia então sido em francês que Guilhermina, em seu sono, retirara o cadáver do marido de uma adega e o arrastara até o centro daquele quarto: *Oui, je l'ai tué, dans une cave, et ça m'a fait grand plaisir de le tuer. Pendant cinquante jours et cinquante nuits je l'ai eu entre mes mains et je l'ai tué très lentement...**

As frases seguintes Anne-Marie entendera menos, havia referências a grades e a súplicas, Guilhermina até soltara umas gargalhadas — mas o que Anne-Marie escutara, digerida a surpresa inicial, havia bastado. Sobretudo porque, mal se livrara do fardo, Guilhermina voltara a dormir o mais profundo dos sonos. As frases gritadas às pressas e às gargalhadas talvez

---

*Sim, eu o matei, em uma adega, e isso me deu um enorme prazer. Durante cinqüenta dias e cinqüenta noites eu o tive em minhas mãos e o matei devagarzinho...

até tivessem passado despercebidas, não fosse o sono aliviado que havia sucedido à confissão. Era a montagem entre o som e o silêncio que revelara a Anne-Marie a importância do momento.

A partir daquela noite, Anne-Marie dedicara uma atenção muito especial a cada palavra que Guilhermina emitia sobre seu passado. Como uma segunda câmara, que mostra a mesma cena de outro ângulo — revelando, no processo, algo encoberto —, Anne-Marie registrara suas novas perspectivas. E onde o som falava em vida, flores e harmonia, seus olhos agora filtravam as sombras.

— O senhor compreende, *eu sabia*. E ela naturalmente não poderia supor que eu soubesse. A conversa, daí em diante, ficou desequilibrada. Só que, dessa vez, a meu favor. Tudo o que ela continuava a me dizer sobre o marido, em nossos passeios pelos campos, se revestia de outras cores. Sua ternura e seu carinho ganhavam ares de verdade, porque haviam sido sinceros aos olhos *dele*: caso contrário, ele ainda estaria vivo. O que até então me parecera piegas e, à luz de uma realidade mais européia, quase incompreensível, ganhava em coerência e dignidade. O casal havia existido, a relação havia sido autêntica em sua forma, ainda que fundamentalmente truncada em sua essência. Restava saber por quê. Passei então a lhe fazer muitas perguntas, tentei abrir brechas que me permitissem entender o porquê das coisas. Teria sido por dinheiro? Por amor a um outro homem? Ou por vingança? E se fosse, como era possível falar daquele marido com uma ternura que me soava tão evidente e tão sincera? Fui assim me dando conta, aos poucos, que havia muita luz por entre as sombras. E que ela também gostara, e genuinamente, daquele homem...

— E a senhora não teve vontade de dar a entender que...

— ...que eu sabia? Quando esgotei todos os meios de que dispunha em meu pobre arsenal de perguntas, limitada que estava pelas dimensões de minha suposta ignorância, pensei em fazer isso, contar para ela do pesadelo — mas não tive tempo, ela uma tarde fez as malas e com isso cortou toda a magia do momento. No trem para Paris ainda pensei em retomar o assunto, mas não houve jeito. Chego até a achar que ela desconfiou que eu estivesse na pista de alguma coisa. O fato é que ela escapou de mim, como um passarinho que de repente dá um vôo curto e muda de galho. *Un tout petit oiseau aux cheveux rouges*, como dizia um dos poemas de Jean-Marc...

Sinto falta da presença de Andrea a meu lado. Ou melhor, sinto falta do que ela talvez soubesse ou intuísse sobre essa parte de nossa história. Pois nada tenho, eu próprio, a oferecer em contraponto ao que me é contado. É possível que Anne-Marie perceba minha dificuldade, pois faz uma pequena pausa, crava um olhar em mim e indaga:

— O senhor me falou de uns diários. Ela nada deixou nesses diários sobre a morte do marido? Ou sobre o marido quando vivo? A mim, ele me parecia um homem até interessante, com seus dinheiros, suas fazendas, seus escravos, suas aventuras, suas paixões de adolescente, seu amor por Maria Stella...

— A senhora conheceu Maria Stella?

— Claro, somos, ou melhor, éramos primas. Não se esqueça que tanto a família Maia Macedo quanto os Gervoise-

Boileau são Rinaldo di San Rufo pelos respectivos ramos maternos. Eu própria sou afilhada de sua filha mais velha, Francesca, que, por sinal, não vejo há anos, uma pessoa que o senhor talvez também devesse procurar. Maria Stella, é claro, morreu há muitos anos. Morreu...

— ...antes da guerra?...

— ...pouco antes. Não fomos à festa de seus noventa anos, como havíamos planejado, porque meu pai tinha falecido e ainda estávamos de luto, mas isso foi em 36, e ela morreu logo depois, portanto ainda antes da guerra. Maria Stella conheci pouco, apenas a entrevi algumas vezes quando criança. Em uma de suas viagens a Paris ela se hospedou conosco. Eu era bem menina, não devia ter mais que uns oito anos, e ela já era bem velhinha, viajava acompanhada de um jovem empregado, que a seguia por todo lado como uma sombra, com suas malas, sua caixinha de jóias e seus papéis. Um empregado que, segundo Patrick, esfregava suas costas na banheira. Uma personagem, Maria Stella, até hoje escuto sua voz estridente me saudando aos gritos quando, uma tarde, desci à sala para cumprimentá-la. *Chèrrrre Anne-Marie*, exclamou, cantando os erres como os italianos costumam fazer, balançando os braços cheios de jóias e deixando seu perfume entranhado em minhas roupas por dias seguidos... Dizem que quando jovem havia sido lindíssima, não sei. Guilhermina me contou que ela quase enlouqueceu Carlos Augusto... É bem provável que sim, há mulheres que têm esse poder, Maria Stella pode ter sido uma, Guilhermina certamente foi outra. Meus pais, quando falavam de Maria Stella, trocavam olhares cujo sentido não me escapava.

— E Carlos Augusto, seus pais também conheceram? Eles eram mais ou menos contemporâneos, não?

— Não, meus pais eram muito mais jovens, e era exatamente isso que dificultava minha percepção do casamento de Guilhermina, uma mulher pouco mais velha do que eu, casada com um homem bem mais idoso que meus próprios pais... Mas não, não se conheciam, nunca haviam estado juntos. Minha mãe às vezes se referia à existência de vagos parentes brasileiros, com os quais trocavam cartas por ocasião das festas de Natal e fim de ano, nada além disso, que eu me lembre.

Cala-se por um instante, como tomada por uma súbita lembrança.

— E, no entanto, a propósito de Maria Stella, justamente... Certa vez surpreendi uma conversa entre ela e minha mãe, em que falavam daqueles nossos *parentes brasileiros*. As duas pareciam divertir-se muito com o provincianismo de Carlos Augusto, que havia chamado de *castelo* uma *villa patrizia* em que Maria Stella e Raffaele viviam, nos arredores de Sardone — quando é sabido que não existem castelos naquela parte da Itália. E Maria Stella dizia para minha mãe que nosso primo brasileiro, com seus olhos de adolescente, demonstrava sempre certa tendência para idealizar tudo o que vira, *ela inclusive* — e haviam cochichado coisas e caído na gargalhada. Mas quando me aproximei, mudaram rapidamente de assunto e passaram a elogiar em altos gritos meu vestido.

Sorri comigo e juntos revemos a cena. Novamente séria, prossegue:

— Fora isso, contudo, não me recordo de maiores comentários sobre Carlos Augusto. Daí ter bem presente a surpresa de meus pais ao receberem a carta em que Guilhermina agradecia nossas condolências pela morte do marido e anunciava sua viagem a Paris. *Tiens, notre cousine brésilienne viendra bientôt nous visiter,** meu pai havia exclamado ao abrir a carta antes do jantar. Com isso, a prima brasileira se sentara à mesa conosco e participara do jantar já naquela noite. Todos havíamos falado do Brasil, para nós um planeta mais remoto do que a África, onde pelo menos tínhamos colônias, e nossa família, propriedades. Se hoje ainda desconhecemos seu país, imagine naquela época... De toda forma, o que interessava era a prima e não o país. Como seria? Como se comportaria? Constava que era bem mais jovem que o marido. Recordo-me muito bem de que Patrick já cochichava coisas no ouvido de Jean-Marc, coisas entre meninos, a respeito das quais as meninas tudo sabem, mas nada dizem.

Aqui, um novo olhar em minha direção, para se certificar de que entendi a mensagem.

— Nunca esquecerei, porém, do espanto que tomou conta de nós quando, dois meses depois, Guilhermina entrou no *hall* de nossa casa (na época nossa família morava em um *hôtel particulier* na avenida Geor... — ah, o senhor sabia?) e nos demos conta de que era quase uma menina. Ela tinha comprado uma boina ao desembarcar de seu navio em Marselha e feito uma trança que lhe descia pelas costas até quase a cintura.

---

*Vejam só, nossa prima brasileira virá em breve nos visitar.

Uma trança ruiva. Se, em vez de um baú e duas malas, tivesse uma pasta com alguns livros, nós juraríamos que uma colegial parisiense havia batido a nossa porta para vender uma rifa destinada ao bazar de caridade de sua escola.

Mais um silêncio. Escuto um ruído a minha direita, como se uma criança ou um pequeno animal estivesse arranhando a porta. *Les chiens vous dérangent?*,* indaga amavelmente minha anfitriã se levantando. Nada me incomoda — e, aberta a porta, entra um *caniche* que me dá uma rápida cheirada e se aninha com um saltinho no colo de Anne-Marie. Falamos um pouco de bichos de estimação, cães e gatos, a empregada passa por nós, acende as lâmpadas da sala e fecha as cortinas. É uma hora em que os maridos regressam para casa, mas não sinto que naquela casa haja um marido, respiro o ar de disponibilidade de quem vive só, com sua empregada metida em um uniforme impecável e seu *caniche* com um laço de fita na cabeça. A empregada indaga se deve acender a lareira. Anne-Marie pergunta se eu agora não aceitaria um drinque.

— *Matilde, Monsieur prendra un cognac. Je prendrai bien un whisky.*

Com a lareira acesa e um copo de conhaque nas mãos, me afundo um pouco na poltrona e começo a falar de Guilhermina como me habituei a imaginá-la. Trago à tona as imagens de sua infância, recuperadas da chapeleira (*ça alors*, exclama Anne-Marie, quando menciono a etiqueta do *SS Manitoba* — e comenta que também cruzou o Atlântico na-

---
*Os cães o incomodam?

quele navio), falo das fotografias, das cartas, da máscara negra, do casamento arranjado, da violência nupcial — *ah, c'était ça! Incroyable!* —, dos sete anos de espera, dos movimentos sinuosos com o marido, de Flávio Eduardo e sua biblioteca (*c'est vrai, elle m'a beaucoup parlé de ce personnage*),* da adega e de seus silêncios, mas, com tudo isso, falo igualmente das janelas sempre abertas para outros mundos e outros cenários...

Conto, também, sobre o que sei dos anos de Europa — e falo dela, Anne-Marie, do pouco que ouvira a seu respeito e a respeito de seus pais e seus irmãos. Anne-Marie me escuta com grande interesse. Ao repassarmos juntos essa fase, descubro que tinha sido com ela que Guilhermina fora à Salle Gaveau na noite em que conhecera Paul Nat (*oui, j'étais là, il m'a offert un chocolat...*)**, e quando revelo o que, mais adiante, ainda iria ocorrer entre eles dois, ela quase derruba o *caniche* de seu colo (*c'est pas vrai*, exclama incrédula, *elle l'a revu?*). Percebo, assim, que Anne-Marie está agora a reboque dos fatos e depende de mim para seguir nos trilhos dessa história. Sua atenção é uma medida de meu poder sobre ela e, vista em perspectiva, do fascínio que Guilhermina exercera em seu passado. Mas, para reequilibrar um pouco as coisas e demonstrar que não tem pressa, Anne-Marie retorna ao *hall* de entrada de seu *hôtel particulier*.

— Meus pais haviam planejado ir receber Guilhermina na estação, mas ela se atrasara visitando o *Château d'If* e perdera o

---
*(é verdade, ela me falou muito desse personagem)
**(sim, eu estava lá, ele me ofereceu uma taça de chocolate quente)

trem em que viria de Marselha. Pelo telefone, havíamos entendido que ela chegaria à tarde, mas nos enganamos. Quando a campainha tocou e os empregados vieram nos avisar que *la jeune dame brésilienne était arrivée*, corremos todos para saudá-la.

23

— Guilhermina entrou para nossa família quase que instantaneamente. Além de educada, gentil e suave em suas maneiras, ela possuía uma espécie de segurança interna que irradiava de todo o seu ser. Quando dizia alguma coisa, por simples que fosse, suas palavras tinham o som da verdade. Quando olhava as pessoas, olhava direto em seus olhos. Parecia adivinhar o que procurávamos dissimular, nós com nosso sangue cansado, nossas guilhotinas e oito séculos de jogos de salão. Quando falava de seu país, *mostrava* as paisagens e nós víamos detalhes, quase como se estivéssemos lá. Não tenho a menor idéia se as descrições correspondiam ou não à realidade — e pode até ser que fossem inventadas. Para nós, *eram* a realidade. Por isso, e apesar de muito jovem, colocou nossa família e nossos amigos no bolso sem grande esforço. E hoje entendo por quê: ela simplesmente havia matado um homem! E por justa causa! Quem passa por isso, ganha um tipo de lastro que nós, comuns mortais, não alcançamos jamais. Meu marido sempre dizia — ah, o senhor deveria ter conhecido meu marido, ele também gostava muito de Guilhermina...

— Não me diga...

— Ah, meu pobre marido...

Aqui um suspiro tão profundo que o *caniche* lhe dá uma pequena lambida nas mãos. Esse cãozinho... A empregada serve nova rodada sem solicitação de nossa parte. Eu devia ter escolhido vodca, porque pressinto que as barreiras sociais e geográficas estão prestes a ruir e vamos encher a cara em pleno *seizième*. Mas aceito outro conhaque. A empregada coloca mais lenha na lareira, pousa as garrafas na mesinha ao lado da patroa, pede licença para se retirar, *bonsoir madame, bonsoir monsieur*, e fecha a porta. Ainda embalado pelo eco do suspiro de Anne-Marie, escuto a porta da rua que bate remotamente atrás de nós. Talvez por causa das labaredas na lareira, me afundo mais em minha poltrona e em minhas recordações. Regresso às sombras das paredes de meu próprio apartamento, quando, poucos meses atrás, em um jantar à luz de velas, Andrea me falara longa e detidamente de sua tia Guilhermina. E, na esteira dessas memórias, tão presentes também ao nível pessoal, revejo os degraus que conduzem à velha adega. Candelabro de prata na mão direita, o comendador desce com Guilhermina em busca de uma vaga garrafa de licor, navega entre espumas, cavalos árabes, turbantes e se entrega a suas duas mulheres sobre três sacas de arroz.

Tenho, assim, a meu redor, não só Guilhermina e todo o clã Gervoise-Boileau, mas, também, Andrea, o comendador, Maria Stella e o velho barão Raffaele di San Rufo. Não é à toa que o *caniche*, com a sabedoria dos verdadeiramente iluminados, de repente se agita a nossa frente e solta alguns latidos olhando inquieto para os lados. Mas Anne-Marie, com um leve afago em sua cabeça, o tranqüiliza. O gesto e o novo suspiro adiam a entrada em cena de todos os meus personagens, pois a sala inteira está agora tomada por um velho marido que aguarda com paciência as palavras de simpatia que me cabem enunciar.

— Seu irmão me disse que a senhora havia enviuvado recentemente...

— Do melhor dos homens, do melhor dos homens — responde, o olhar perdido nas labaredas.

Mas logo se reanima e se apruma na poltrona, como se assim espantasse suas tristezas. As frases saem claras, lógicas, diretas, cartesianamente pensadas e sopesadas:

— Claro, ele vivia com a cabeça nas nuvens, estava longe de ter qualquer sentido prático e, para assuntos financeiros, era um desastre. Por isso meus pais haviam sido contrários ao casamento. Ele era pobre. Ainda que pertencesse a nossa família. E (sorriso materno) havia também o problema dos balões...

— Balões?

É a minha vez de trazer um morto para nossa lareira e a vez dela de se espantar:

— Ele por acaso não era dinamarquês?

— Como é que o senhor sabe? — indaga, o fôlego cortado.

Explico que o nome dele — Peter, não é verdade? — havia surgido nos diários de Guilhermina, mas só de passagem, como um dos convidados a um jantar oferecido por seus pais pouco após sua chegada. Segundo o único registro que ficara, era dinamarquês e voava de balão. Apenas isso.

Anne-Marie fecha os olhos em um esforço para rever a cena e se dá conta de que era verdade — e que ela, em plena adolescência, sequer reparara na presença, naquela mesa, do homem com quem se casaria alguns anos depois. Sua perplexidade é enorme. Como se, por um capricho do destino, uma gaveta de arquivo se abrisse de repente frente a seus olhos, com uma oferta preciosa de material sobre uma fase que antecedera sua própria felicidade.

— *Mon dieu, c'est pourtant vrai** — murmura para si própria encantada. E se serve de uma dose generosa de uísque, sem se preocupar em me oferecer novo conhaque. (Já atingimos esse nível de intimidade, caberá a mim, daqui para a frente, cuidar de meu próprio copo.) Mas franze a testa, pousa o *caniche* em uma almofada a seu lado e se debruça sobre a lareira, como se pudesse reaquecer suas lembranças nas chamas. Faço um esforço para acompanhá-la, já que quase nada sei da cena em que mergulha — a não ser que talvez tivessem comido...

— ...*du faisan!* — ela exclama de repente.

E ri para mim toda orgulhosa com a lembrança:

— Comemos faisão, lembro-me bem. E me lembro bem porque estávamos de olho em Guilhermina, meus irmãos mais do que todos, para saber como ela se comportava na mesa, era

---
*Meu Deus, e no entanto é verdade.

nosso primeiro grande jantar com ela presente, e nossa convidada não só se saiu com a maior das desenvolturas, como discorreu sobre tipos de caça, carnes brancas e carnes escuras, comparou o que havia em sua fazenda com o que esperava comer na Europa, apreciou as trufas e as sutilezas de nossos vinhos... E Peter, meu Deus, sentado ao lado dela, que coisa mais engraçada, conversando sobre balões — não falava de outra coisa —, creio até que, dias depois, ele a levou a dar um passeio em um deles... Ah, Peter, que saudades... sempre nas nuvens, com seu pequeno chapéu de feltro vermelho e branco...

Uma parada e olha para mim, cheia de vida, apaixonada. É, de fato, uma outra mulher que agora fala comigo — seu olhar brilha intensamente:

— Claro que meus pais me proibiam de sequer pensar em andar de balão com ele, ainda por cima um homem mais velho, eu tinha quinze anos, e Peter trinta e dois... Imagine! Aliás, nem nos olhávamos naquela época. Que coisa extraordinária, revê-lo nessa mesa... Claro, ele freqüentava sempre nossa casa como uma espécie de primo pobre, meu pai dizia que ele vinha fazer sua única refeição decente da semana, coitado, imagine, sua única refeição semanal, meu pai sempre foi cruel, mas a frase era provavelmente verdadeira, Peter gastava tudo que ganhava com seus balões e ganhava tão pouco... Morava no sexto andar de um hotel em Saint-Cloud, que nem elevador tinha. Ele ficava sem graça porque, a partir do terceiro andar, o tapete da escada era puído e, do quarto em diante, o pé-direito se reduzia à metade e nem havia mais tapete.

A bebida começa a fazer o efeito de arredondar um pouco as formas das pessoas e dos objetos em sua memória, afetando, também, as palavras em sua boca. Com um gesto lento, seu dedo desenha no ar a forma de um balão. Materializado o balão a nossa frente, vem a informação que faltava para completar a cena e dar-lhe o toque final de documento:

— Um de seus primeiros balões, por sinal verde e amarelo — são as cores da bandeira de seu país, não? — ele até batizou de *Guilhermina I*. Recordo-me de que meus pais ficaram muito impressionados quando souberam disso. Mas Guilhermina já havia partido para a Itália e penso que nunca soube da homenagem. Veja, é mais um exemplo do fascínio que ela despertava nas pessoas, pois não creio que se viram mais do que uma ou duas vezes. (Aqui uma curta pausa.) Não, não creio...

Por uma fração de segundo, outras possibilidades se insinuam em seu pensamento, que a levam a franzir as sobrancelhas — mas o sol logo reaparece por trás das nuvens e ela retoma sua viagem:

— Começamos a nos ver e a sair juntos, Peter e eu, quando entrei para a universidade. Meus pais proibiam o namoro, é claro. Peter debochava um pouco deles. Uma vez me disse que era muito repousante conversar com meu pai, porque ele era um homem que lhe dava sempre a impressão de que o eixo do mundo de alguma maneira dependia da qualidade das cortinas de seu quarto. Papai ouviu isso, ficou furioso e proibiu Peter de pisar em nossa casa.

Ri, satisfeita com a lembrança.

— Apesar disso, a paixão seguiu seu curso. Vivíamos colados um no outro o tempo todo. E, é claro, finalmente aderi a seus balões. *Et pour cause...* Nem lhe conto...

Segue-se um momento mais pessoal, um silêncio meio encabulado que só o *caniche* decodifica, pois abana o rabo alegremente e ganha nova festinha, desta vez cheia de ânimo e de afeto. Com um gesto, aponta a garrafa de conhaque para mim, com outro serve-se de nova dose. Está cheia de energia, como se esse seu marido voador estivesse agora dentro dela. E está:

— Foi com ele que aprendi a gostar desse veneno! Imagine, uísque! Em minha casa só entravam os vinhos mais finos e os melhores champanhes. Mas ninguém é perfeito... E essa bebida, tudo somado, não é de todo má... Ah, a vida, que coisa mais engraçada... E pensar que, de certa forma, devo a Guilhermina a coragem que tive de impor meu casamento a meus pobres pais...

Ri um pouco. Rimos juntos. Estamos contentes com as surpresas que a vida nos reserva. Estamos contentes com nossa bebida. Estamos meio bêbados.

— Como assim, a Guilhermina?

Anne-Marie me olha satisfeita. Agora é ela a verdadeira dona da história. Afinal, que interesse real poderia ter, para ela, o que sucedeu com Guilhermina antes ou depois daquela época? Nenhum, ou muito pouco. Como *fait divers*, talvez. Mas como vida... O que conta, a seus olhos, é o que ocorreu naqueles dois ou três meses do ano de 1934. O resto, no fundo, é problema meu. Mas se sente satisfeita, afinal a noite é jovem e as lembranças, quentes e generosas, ainda bailam em sua memória:

— É que ela me fez ler os livros certos.

Olha para mim e, mais uma vez, me sinto examinado, como se ela agora avaliasse meu grau de familiaridade com as implicações do tema para uma adolescente em formação. Passo no teste, afinal sou escritor. Talvez até bom, já que bebo bem.

— Ela me fez ler Balzac e George Sand, Flaubert e Stendhal. Lamentou muito que eu não soubesse português para também poder conhecer os melhores autores de seu país, cujos livros me descreveu. Ela me explicou que não havia nada de errado, por exemplo, com a obra de Delly ou da Condessa de Ségur, muito pelo contrário. E que *Escrava ou rainha?* ou *O general Dourakine* eram livros que certamente tinham sua razão de ser. Mas que existiam outras maneiras de ver o mundo, outras direções para meus sonhos, outros crimes e castigos, por assim dizer.

Sorri, pensativa. E logo exclama:

— E aos diabos minha tenra idade! Para ela, quanto mais jovem o olhar, mais rica a fresta e mais funda a ferida. Dizia que, aos quinze anos, era preferível entender uma fração de um grande livro à obra completa de muitos membros da Academia. E foi assim que, de um sopro só, Voltaire implodiu todas as freiras de meu colégio. Desapareceram no ar, pernas abertas, cabeças para baixo, batinas tremulando, como varridas por um ciclone.

Olha para mim para se certificar de que acompanho a alegre revoada das freiras de sua infância. E logo prossegue:

— Veja bem, eu teria um dia chegado a todos esses autores por minhas próprias pernas. Mas não aos quinze anos. Certamente não naquela época, sobretudo em meu meio. Ela me mostrou o caminho das pedras.

Novo gole.

— E eu comecei a ler esses autores depois que ela se foi. Livros roubados das estantes dos irmãos mais velhos de minhas amigas, surrupiados a bibliotecas em nome de meus pais, comprados com o dinheiro das mesadas... E quanto mais Jean-Marc procurava por Guilhermina nas ruas de Paris, mais eu a reencontrava nas páginas de meus livros.

Ergue o copo, como se fosse brindar:

— Entenda, eu era muito bobinha, via o mundo cor-de-rosa. E Guilhermina, felizmente, havia matado um homem... No fundo, com duas ou três frases, dois ou três livros, a que se seguiram muitos outros, e aquele magnífico cadáver que, em boa hora (*à la bonne heure*), emergira de um pesadelo, ela abriu todo um caminho para mim... Não fosse por ela, quem sabe eu também tivesse tido que matar um homem... Mas não foi preciso. E pude então usar minhas energias em outras direções. Graças a ela... Peter dizia que do alto de seu balão tudo ficava tão pequenininho... E ela dizia que, no fundo, todo drama se reduzia a quase nada... Tinham razão, cada qual a sua maneira, cada qual em seu balão... Tudo, visto de cima, fica muito pequenino. *N'est-ce pas?*

— A sua saúde, Anne-Marie!

— A sua saúde, Fernando!

24

Meu trabalho na Sorbonne felizmente me impedia de ser tragado pelas areias movediças do passado alheio. Caso contrário, não teria sobrevivido a minhas seis semanas de Paris. Vivia momentos agitados, como um personagem entre imagens em constante movimento. Pelas manhãs projetava meus filmes para platéias atentas, pelas tardes analisava roteiros ou discutia problemas de produção com estudantes de cinema. Na hora do almoço saltava no metrô e ia ver alguma exposição no Louvre ou no Beaubourg. E à noitinha, ao sair de minhas aulas, ou nos fins de semana, me punha a caçar fragmentos do passado de Guilhermina, guiado por sua presença, quando não empurrado por seus comentários e sugestões. Tudo isso em uma cidade que é puro cinema e onde os filmes de ontem estão sempre a ponto de emendar nos de amanhã. E foi um pouco assim, embrulhado em uma ciranda de imagens, que me encontrei, em uma tarde de domingo, frente a mais um dos endereços resgatados da chapeleira, o *18 bis, rue de la Harpe.*

Não fosse o McDonald's, os restaurantes gregos e o som de um *juke-box*, a rua pareceria uma recriação de Marcel Carné, os antigos prédios de seis andares ligeiramente inclinados sobre as calçadas, os potinhos de gerânios enfileirados nas janelas, a extremidade da rua confundindo-se com o sem-fim que os estúdios pintam nos cenários para afunilarem suas perspectivas e seus custos. A *concièrge* que rosnava dois degraus acima de minha cabeça, contudo, era real:

— *Vous désirez?*

Não podendo dar livre curso a meus desejos mais secretos (*Je désire, chère madame, vous donner deux ou trois coups de balai aux fesses**), sorrio estoicamente, enquanto extraio de meu bolso um pequeno recorte todo amassado, produto de antigo furto:

— *Un petit renseignement, madame...*

Como seria bom poder dizer o que desejo... Desejo tudo, minha senhora, o passado, o presente, o futuro, a paz, o desarmamento, a senhora nua em minha banheira. Neste prédio, na época em que sua mãe ou sua avó era *concièrge*, viveu Marie-France Jocelin, amante de belas mulheres e chantagista de homens públicos, contrabandista de anãs verdes e traficante de escravas brancas, quem sabe de ópio, dona de cabarés interditados e íntima amiga de conhecida minha, *last seen in Agadir...*

— *Un simple renseignement, madame...*

O recorte é atentamente inspecionado. Nada feito, balança a cabeça acima de mim, acrescentando mais um *je regrette*

---

*Gostaria, cara senhora, de lhe dar uma ou duas vassouradas no traseiro.

para minha coleção de insucessos. O proprietário? *Monsieur*, o prédio pertence ao mesmo dono há mais de vinte anos. Como, antes disso? Quanto tempo o senhor diz? 1937?! *Mais mon cher Monsieur, franchement...* Até um grupo de crianças, que brincava ao pé da porta, olha para mim com certo espanto. Talvez a Prefeitura? O recorte é devolvido com um gesto teatral. Dois golpes secos de vassoura nos degraus levantam a poeira que põe fim à entrevista: *Au revoir, Monsieur.*

Merci, Madame. Perambular por esta cidade não chega a ser um sacrifício. O problema é encontrar marcas em trilhas apagadas pelo tempo. O velho recorte com a notícia da batida policial de 1937 trazia a imagem de Marie-France, mas não fazia referência ao endereço de sua *boîte*. Apenas ao bairro. As caminhadas pelas ruelas que desembocavam na *place Clichy* e na *place Blanche* não haviam produzido resultados. Ninguém tinha escutado falar do El Bolero. Tudo aquilo era, de fato, muito remoto. E, agora, o fracasso do endereço residencial colhido em velho envelope repleto de receitas de doces italianos dos séculos XVII e XVIII. Paciência... Afinal, o que era exatamente que eu procurava? A essas alturas, Marie-France, mais velha que sua amiga Guilhermina, já devia estar morta e enterrada. Então, o quê? Um descendente? Um conhecido? Um vizinho de quarto? Pouco provável, tantos anos depois. Então?...

— *Monsieur...*

O fiapo de voz atrás de mim demora a chegar até meus ouvidos.

— *Monsieur...*

Terei deixado cair alguma coisa? Viro-me e o tempo gira comigo. As fachadas mais contemporâneas, o McDonald's e os restaurantes gregos se tornam menos precisos, os ruídos diminuem, em algum lugar o som de um acordeão substitui o do *juke-box*, a própria luz se atenua a meu redor, há menos néon e mais gente pelas calçadas, os casais caminham de braços dados, os contrastes entre as pessoas mudam de tom, há até quem use chapéu.

— *Monsieur...*

Não vejo ninguém especialmente a minha procura — mas logo adivinho uma criança que abre caminho em minha direção por entre os pedestres. É gordinha, atarracada e pode ser uma das meninas que há pouco me observavam com a *concièrge*. De fato é ela, reconheço o gorro e a blusa verde-escura. Caminha devagar, balançando com dificuldade contra o fluxo de passantes. Mas quanto mais se aproxima, menos se parece com uma menina. Quando afinal chega perto de mim, levo instintivamente as mãos ao bolso, pois é de uma esmola que se trata. Meio metro abaixo, ela sorri:

— *Non, monsieur, il ne s'agit pas de ça*, não é disso que se trata.

Basta o sorriso — um sorriso cansado de palhaço de circo, a cabeça meio inclinada, o olhar meigo por entre as rugas — e tiro a mão do bolso. O pequeno corpo mal esconde sua expectativa de que esse momento no meio de tanta gente alta não se prolongue além do estritamente necessário. Abro caminho com alguns gestos, cortamos a rua de pedestres para a esquerda, eu solícito e quase curvado sobre ela, os braços semi-abertos para protegê-la de um esbarrão, ela marchando a minha frente como um pingüim. Chegamos a um bar, ela sobe na cadeira, eu me sento a seu lado. O garçom, nariz de águia, olhar altivo, toalha nas mãos, se dirige a mim, como se minha companheira não existisse:

— *Monsieur?*

Cabe a mim olhar para ela, o que faço com a expectativa de quem segura o mais tênue dos fios em suas mãos. Se ela soprar uma resposta, é porque existe.

— *Une menthe à l'eau. Merci.*

Peço uma cerveja, o nariz e a toalha branca desaparecem por entre as mesas. Aos poucos, a luz e os ruídos retornam ao normal, o som do *juke-box* vem dali mesmo, mas já não incomoda. A pequena senhora recupera o fôlego. Que idade poderá ter? Entre sessenta e setenta anos? A voz agora é rouca e grave.

— Trabalho naquele prédio onde o senhor esteve há pouco.

Como talvez imagine que eu não entenda direito o que me diz, faz um gesto de quem limpa a mesa e acrescenta:

— Sou encarregada da limpeza. Há muitos e muitos anos trabalho ali...

Sacode os ombros. O gesto significa: *Poderia ser pior*. O garçom deixa nossas bebidas sobre a mesa junto com a conta, um hábito local que não consigo digerir. Ela segura sua menta com as mãos e dá um golinho, enquanto me inspeciona com atenção, como se também quisesse comprovar minha existência.

— Eu sempre soube que alguém viria.

— Alguém?

— É, alguém. Mas eu esperava alguém mais velho.

Sinto-me transplantado para outra história. Uma história que, por um momento, cruzasse com a minha. É com os olhos dela que de repente me vejo sentado em nossa mesa. Se não piscar e não disser nada de muito errado, é possível até que aconteça alguma coisa. O quê, não sei.

— *Vous permettez?*

Estende a mão em minha direção, como se me coubesse apresentar alguma credencial. Hesito por um milionésimo de segundo, mas logo acordo — e produzo o pequeno recorte de jornal, que ela desdobra com infinito cuidado. E é com um enorme sorriso desdentado que coloca o dedo contra a imagem:

— Esta aqui atrás sou eu.

Do palco de seu cabaré, Marie-France, o corpo inclinado, a mão apoiada sobre as generosas coxas entreabertas, agradece os aplausos de alguma platéia invisível.

— Quase atrás dela, a terceira da direita para a esquerda.

Pisca para mim e dá uma balançada com a cabeça que talvez signifique *bons tempos aqueles!* Bebe um gole de sua menta, ergue-a contra a luz, dá um peteleco no copo e diz:

— Nós quatro, e todas as quatro dessa cor...

Convém dizer alguma coisa, um mínimo que me credencie a participar dessa conversa:

— A senhora nunca mais retornou?

— Retornar?

— Para a Itália.

— Ah, a Itália...

Um tesouro de imagens compactadas desfila um segundo por seus olhos, que se voltam para um passado ensolarado. Um carro de bois carregado de trigo e camponeses corta o espaço a nossa frente.

— Não, a Itália ficou para trás... Sou francesa há cinqüenta anos...

Aqui a pergunta, que pode facilitar ou complicar um pouco as coisas:

— E o senhor, de onde é?

— Sou brasileiro.

— Ah...

Minha nacionalidade é absorvida aos poucos, com um novo gole de sua bebida. A informação está sendo processada em cotejo com as velhas fichas empoleiradas de algum remoto arquivo. O resultado sobe à tona meio evasivo:

— Sim, é claro...

É minha vez de perguntar. O que faço, pisando em ovos:

— E Marie-France, a senhora pode me dizer que fim levou?

Falo como se pedisse notícias de um conhecido de quem me tivesse separado por circunstâncias totalmente corriqueiras. Mas as palavras soam falsas, como se fossem roubadas de outro texto. Penso no ator que, apressado, entra no teatro errado, sobe direto ao palco e metralha suas falas para um público perplexo de outra peça. Minha convidada, em compensação, conhece bem seu texto e suas marcações:

— Marie-France?...

E suas pausas. Respira fundo, pousa o copo sobre a mesa, enfileira os braços a sua frente, mira a rua e varre os pedestres de um lado a outro:

— ...Ta-ta-ta-ta-ta-ta-ta!
— Fuzilada?
— Durante a guerra.
— Pelos alemães?
— Nunca ficou muito claro. Pode ter sido. Que diferença faz?
— Nenhuma, é claro.

É uma resposta absurda, uma resposta de um intruso em guerra alheia. Ah, essa guerra, sempre presente. (Teria Marie-France morrido no mesmo dia que Jean-Marc?) Não me sinto mais em condições de seguir tateando no escuro. É minha vez de respirar fundo:

— Olhe, sinto muito, mas eu não sou bem quem a senhora esperava.
— E quem é que eu esperava?
— Não sei.
— E então?
— Então?
— Como é que o senhor sabe que não é quem eu esperava?

Muitos risos de parte a parte. O garçom estaciona a nosso lado. Parece intrigado com tamanha animação. Talvez esteja arrependido de ter subestimado parte da festa. Agora é tarde. Indago com um pequeno gesto se ela deseja outra menta. *Non, merci*. Peço outra cerveja sem sequer olhar para o garçom, que se retira, nariz murcho, ombros redondos, toalha amassada.

— Na realidade, estou mais interessado em outra pessoa...
— Eu sei, eu já compreendi... *La brésilienne...*
— A senhora diz isso como se doesse.

— E doeu muito, em todas nós. Um belo dia, ela simplesmente se foi. Sem avisos, bilhetes, nada...

O pequeno corpo se estica na cadeira, parece se espreguiçar. Os bracinhos se abrem, uma grande quantidade de ar é aspirada para injetar um sopro de vida no passado:

— Ela brincava conosco como se fôssemos quatro bonecas.

— Bonecas?

O olhar que me dirige significa: *Qual é o problema? Difícil me ver como uma boneca?* Mas há mais tolerância em sua alma do que impaciência:

— Sim, como bonecas. Cuidava de nós quatro, ajudava a gente a se vestir. Era difícil trocar de roupa atrás do palco entre dois números, às escuras, noite após noite... Ela era muito habilidosa. Costurava todas as nossas plumas verdes de volta nos vestidos. E tinha as mãos muito belas. O senhor a conheceu?

— Não. Quer dizer, sim e não. Um pouco.

— Cabelos ruivos, suave, de uma inteligência maliciosa. E diferente, não sei bem por quê. Tinha vivido, isso era certo. O quê, ninguém sabia. Uma vez, remexendo em uma de suas bolsas, descobrimos uma minúscula pistola prateada. Marie-France era o oposto, nos tratava com crueldade. Também tinha vivido, mas coisas bobas. Coisas que haviam feito dela uma mulher mesquinha e má. *Elle était vraiment méchante.* Antes de Guilhermina se unir a nós, ela batia na gente. E às vezes nos amarrava.

— Amarrava?

— À noite, quando saía com seus amigos, nos deixava, as quatro juntas, presas com correntes ao pé da cama, nos hotéis onde estivéssemos hospedadas.

— E vocês não reclamavam?

— A quem? Não tínhamos papéis, não tínhamos dinheiro, a polícia parecia estar sempre atrás de nós, ou pelo menos era o que Marie-France nos dava a entender...

A voz bem baixa:

— Amarradas ao pé da cama.

Os dois pequenos punhos se fecham sobre a mesa. Uma nuvem toma seu rosto.

— E ainda por cima tínhamos que ver o que faziam naquela cama quando regressavam de suas noitadas!

Alguma coisa se perdeu na transição. Um corte brusco, uma cena suprimida — e o que era afeto virou ódio. A cabeça se inclina sobre a mesa, o olhar enviesado atinge o meu como uma lâmina:

— Elas eram lindas e nos enlouqueciam. E quanto mais nos enlouqueciam mais doidas elas próprias ficavam. Eu odiava aquilo tudo. Sacudíamos as correntes sobre elas, sacudíamos as correntes sobre a cama.

Agita os braços. Seu pequeno corpo balança perigosamente na cadeira. Os casais sentados ao lado registram a cena sem entender. A confissão, em voz mais baixa, não tarda:

— Mas a verdade é que nunca me senti tão viva.

Procuro, em voz também baixa, reconduzir a conversa para patamares mais toleráveis. Sinto-me como um velho padre de ombros curvos e roupas escuras que esfrega as mãos no confessionário e pede mais:

— Mas Guilhermina não era boa com vocês?

— Quando não estava louca, sim; quando a outra não a enlouquecia, sim...

O indicador esfrega o polegar e os dois dedos sobem ao nariz em um gesto rápido, a cabeça girando para trás:

— O senhor sabe, elas às vezes faziam umas bobagens... e ficavam muito loucas... muito loucas...

Balança a cabeça de um lado a outro, os olhos fechados, as pernas curtas agitadas sob a cadeira. Mas se tranqüiliza de repente. Respira novamente fundo. Olha para mim com um ar sereno, quase preocupado.

— Surpreso?

— Não, de modo algum.

E é verdade. Não há tempo para surpresas. Retomo a conversa por outro ângulo:

— Elas se conheceram em um trem.

— Eu sei, conheço a história do trem, ouvi mil vezes a história do trem, os vapores do *consommé*, o champanhe, a conversa mole. Marie-France era capaz de seduzir um poste. Conosco, quando ela nos importou da Itália, dois ou três anos antes da brasileira entrar em cena, também houve um trem. Só que viajamos separadas, ela em uma classe, nós em outra, quase como se fôssemos parte da carga. O que no fundo éramos.

Respiro mais aliviado, estamos aparentemente de volta ao terreno das lembranças administráveis.

— Nunca me esquecerei daquela viagem.

25

— Nós éramos meninas, quinze, dezesseis anos, quatro anãs virgens recolhidas ao acaso do outro lado da fronteira. Duas de nós, Marie-France havia tirado de um circo de Palermo. E as outras duas, eu e minha prima, de uma pequena aldeia na Toscana. No meu caso, em troca de um cestinho de morangos e de algumas moedas para meus pais. As quatro levadas em uma operação sacramentada por um pedaço de papel que talvez não valesse nada — e que de toda forma nunca mais revimos.

Ela parece sentir calor. Tira a boina, que pousa sobre a mesa. Cabelos surpreendentemente longos e ainda alourados descem em cachos sobre seus ombros. Uma sacudidela da cabeça e a viagem segue seu curso:

— Era a primeira vez que viajávamos, de trem ou de qualquer coisa que se movesse. E isso sim nos uniu, nós quatro, para sempre. Marie-France nos embarcou na terceira classe e saiu caminhando pela plataforma à procura do vagão da primeira. Ficamos dependuradas na janela do trem, observando aquela mulher, que nos havia prometido mundos e fundos e que agora se afastava de nós em rápidas passadas, equilibrada em incríveis saltos altos. De repente houve um grande jato de vapor bem a seu lado, e ela desapareceu da nossa frente, como que engolida por uma nuvem branca. Nunca havíamos visto aquilo. E os apitos e o barulho chovendo de toda parte! Achamos que tinha morrido... Subitamente, um tranco nos atirou ao chão e o trem começou a se mover logo em seguida. Passamos uma noite de imensa apreensão, mudas e encolhidas em nosso banco, sem comer nada, nem falar com ninguém ou ir ao banheiro, e só nos tranqüilizamos no fim da linha, quinze horas depois, quando demos com sua boca vermelha sorrindo ao pé da porta.

Ri seu riso desdentado, os olhos quase fechados. Volta-se para mim para verificar se a história também me diverte. Com um dedo faz a boina girar sobre a mesa.

— E aí foram dois anos de novidades, às vezes ruins para nosso lado, como as surras, as correntes e a pouca comida, às vezes boas, como as *tournées* pelo interior, as palmas e as moedas atiradas nos palcos. E às vezes boas e ruins ao mesmo tempo, como os morangos com creme trazidos por homens de ar sério e bigodes compridos. Enquanto isso, do outro lado das montanhas brancas, nossas famílias escreviam para confirmar o recebimento dos dinheiros remetidos; e pedir mais. Sempre pediam mais. Quando, muitos anos depois, começaram a parar de pedir, uns após os outros, nos demos conta de que haviam finalmente começado a morrer.

Seu olhar também morre um pouco. São muitos anos de cobranças e ressentimentos.

— Na viagem em que elas se conheceram, vocês não estavam?

— Não, nós nunca mais saímos da França. Quando Marie-France viajava, o que ocorria umas duas vezes por ano, ficávamos no circo de um primo dela. Ninguém mais saiu da França. E agora é tarde, sou velha demais para viajar e as outras três já morreram, a última delas, minha prima, há dez anos. Sou a única sobrevivente. Pessoas como nós não costumam viver muito. Questão de ossos. Nem sei como cheguei até aqui... E note que continuo trabalhando. Depois que a *boîte* finalmente fechou e Marie-France desapareceu, eu fiquei por aqui, em nosso último endereço. Um dia, durante a guerra, soube, por uma conhecida, que ela havia sido fuzilada. O antigo proprietário se afeiçoou a mim, me deu um emprego. Anos depois, o novo dono, que me herdou junto com os móveis, ajudou a regularizar minha permanência na imigração. Não posso me queixar.

— E elas, quando partiram, para onde foram?

— Não sei. Nem sei se foram a algum lugar juntas. Estavam mal uma com a outra. Marie-France era muito ciumenta. E Guilhermina às vezes lhe pregava umas peças. Havia um rapaz, um músico, que rondava sempre nossos hotéis. Eu uma vez vi os dois juntos, atravessando a ponte Saint-Michel, abraçados. Quando comentei o fato, ela me disse que se tratava de um grande compositor. Mas me fez jurar ficar calada.

— E essas viagens que elas faziam de vez em quando?

— Marie-France viajava muito a negócios. Quando se conheceram, ela havia justamente ido comprar dois elefantes para o circo de seu primo. O primo era sócio dela no El Bolero. O senhor viu as fotografias das duas sobre os elefantes?

— Vi. Mas achei que tinham sido tiradas na França, não sei por quê. Quem era o homem de branco que segurava os elefantes?

— Não, as fotos são de Istambul. O homem era Edouard, um amigo delas, um sujeito estranho que víamos de quando em quando e que às vezes nos acompanhava em pequenas viagens pelo interior da França. Sempre que faltava dinheiro, ele aparecia e pagava as contas. Quando vinha a Paris, nos trazia presentes. Em geral uns perfumes fortes do Oriente. Acho que era argelino, ou marroquino. Mas não gostávamos muito dele. Ele nos acariciava e ficava murmurando umas palavras que não compreendíamos.

— E Guilhermina, gostava dele?

— Ela dizia que admirava certos detalhes muito específicos nele. Dizia que era um homem capaz de sempre repetir o mesmo gesto ao sair de casa: pegar seu lenço branco, empapar de água-de-colônia e colocar no bolsinho do paletó. Era um gesto simples, mas que, segundo ela, ninguém fazia melhor do que ele. Eu perguntava como sabia, já que nunca o víamos por mais de três dias seguidos e desconhecíamos seu endereço, e ela respondia que adivinhava pela maneira como ele se penteava. Só pela maneira como ele se penteava! E, para ela, a cena do lenço, provavelmente imaginada, de certa forma santificava tudo o que ele viesse a fazer fora de casa. Guilhermina era assim. Imaginava cenários. E se eram bons, desenvolvia uma incrível tolerância com relação às pessoas que os povoavam.

Ocupa-se um instante em rever Guilhermina. Faço eu próprio um esforço para recriá-la pelo filtro de todas essas visões, de Patrick, de sua irmã Anne-Marie e agora...

— Esqueci de perguntar seu nome. Eu me chamo Fernando de...

— *Enchantée*. Silvana.

Estende o bracinho sobre a mesa e aperta meus dedos. Choca o copo vazio contra o meu. Cola novamente o corpo ao encosto de sua cadeira. Parece ansiosa por prosseguir:

— Lencinhos na lapela ou não, Edouard tinha uma enorme ascendência sobre as duas. Mas como, na época, nem eu nem minhas companheiras falávamos bem francês, jamais soubemos ao certo de onde vinha aquele poder. Mas dava para sentir que algo havia, só pelo olhar que trocavam quando se referiam a ele. Ou quando, durante o jantar, o telefone tocava... e era ele. Não era medo. Era alguma coisa mais próxima ao respeito. Alguma coisa que, no plano do comportamento, se traduzia em uma espécie de reserva cautelosa.

Pausa para refletir sobre essas lembranças e confirmar sua exatidão. Como é pequena e compacta, a pausa ganha certa dimensão. Após alguns segundos, balança a cabeça em sinal de concordância consigo mesma. E prossegue em outra direção:

— Quando os últimos clientes saíam e o porteiro fechava as portas, costumávamos jantar com elas e os músicos em uma grande mesa. Aqueles eram bons momentos, momentos de cansaço e de alívio, sobretudo se a casa tinha estado cheia e o espetáculo corrido bem. Eu gostava de ver as duas conversando olho no olho, sem ligar para nós, cheias de uma energia especial, como se tivessem criado um campo magnético só para elas. De quando em quando, Guilhermina nos dirigia um pequeno sorriso, meio escondido. Às vezes significava: *Está tudo bem*. Outras vezes significava: *Não esqueçam de comer os seus legumes*.

A noite caiu, aceito minha terceira cerveja. As mesas a nosso redor estão todas tomadas por uma gente alegre que acaba de sair da última sessão da tarde. Escuto pedaços de comentários sobre um filme de ação. Um homem diz que o roteiro é implausível. Sua companheira discorda com veemência. Ambos têm razão. Por isso logo se beijam e se abraçam. Os franceses se beijam muito em público.

— Quando pegávamos a estrada, Edouard dirigia o carro e Guilhermina, para ajudar a passar o tempo, nos contava histórias de seu país, com suas florestas cheias de animais ferozes, carregadas de frutas esplendorosas e repletas de intermináveis plantações de café ou de cacau. Ela ia sentada no banco da frente, apertada entre Edouard e Marie-France, e desfiava suas histórias de olho no retrovisor, para avaliar nossas reações e melhor dosar o tamanho de seus animais e de suas frutas. Naquelas ocasiões, falava também, e longamente, de um velho marido, que havia tido escravos em uma de suas fazendas na juventude, o que nos impressionava muito. Ou nos contava fatos relacionados a seus pais, que eram pequenos proprietários de terras, e a seu irmão mais velho, que ela descrevia como um advogado muito bem-sucedido no Rio de Janeiro, uma cidade onde Toscanini havia regido famosas orquestras enquanto negros dançavam seminus pelas ruas com sombrinhas e perucas brancas. Porque dançava-se muito em seu país naquela época, pelo que ela contava. Ainda é assim?

— Mais ou menos...

— Curioso, por causa dela eu sempre tive seu país muito presente, bem mais que a Itália. A Itália era o passado, um lugar para onde já não era possível regressar. E a França, naquela época, não chegava propriamente a ser o presente, era boa e era ruim, vivíamos em uma espécie de semicativeiro, em um permanente estado de agitação, como se Marie-France misturasse drogas em nossa comida, e até isso pode ter acontecido. Seu país, ao contrário, o Brasil, era como uma janela para nós, com suas matas, seus papagaios, suas onças e seus escravos que fugiam das plantações para dançar nas cidades. Eu ficava imaginando as paisagens e os personagens que Guilhermina havia visto em sua infância e adolescência, fazia perguntas, só para que descrevesse o óbvio com mais detalhes, como se as vacas pudessem, por obra dela, ter cinco patas, ou os pássaros voar de costas. Fazia-a repetir os episódios das pragas de gafanhoto que, por duas vezes, haviam destruído as pequenas plantações de seus pais, quase arruinando sua família. Marie-France freqüentemente se irritava comigo e me mandava calar a boca, mas Edouard rosnava um *fous-lui la paix* e ela se calava. À sua maneira, Edouard às vezes também nos protegia... Mesmo porque, como nós, gostava de ouvir as histórias que Guilhermina nos contava quando dirigia. Isso o impedia de dormir ao volante.

Um leve sorriso de reconhecimento passeia breve por seus lábios, sem comprometer as reservas com que segue julgando o suposto protetor.

— Marie-France então cedia e ficava emburrada em seu canto. Mas havia momentos em que até ela se interessava, como a ocasião em que Guilhermina nos falou da manhã de seu casamento, quando havia cruzado um rio em uma pequena canoa, o vestido de noiva erguido até os joelhos para não se molhar na água suja acumulada no fundo da embarcação. Ficamos todos em suspenso no carro, acompanhando em silêncio aquela imagem que deslizava suavemente a nossa frente, Guilhermina de pé, centrada em sua canoa, os cabelos ruivos contra as rendas brancas do vestido, o pai e o irmão de terno escuro, remando, a mãe amparando a filha com uma das mãos e trazendo os sapatos de toda a família contra o colo. E como eu própria era do campo e havia visto muitas e muitas noivas atravessando as plantações de trigo metidas em seus vestidos brancos, precedidas de músicos que tocavam violino e acordeão, eu entendia que pudesse ter sido assim.

O sorriso que ilumina seu rosto se mantém por alguns instantes, até transformar-se em riso franco:

— E havia também os contos da carochinha que ela nos contava.

— Contos da carochinha?

— Às vezes, à noite, quando Marie-France saía para discutir um contrato, ou supervisionar um ensaio de algum novo show (o El Bolero estreava novos números a cada duas semanas), ela adorava nos contar fábulas repletas de bruxas, feiticeiras e duendes. Ficávamos as quatro acesas, eletrificadas sobre nossas camas.

Endireita-se na cadeira, sacode a cabeça de um lado a outro como uma boneca e pisca toda excitada.

— As coisas sempre acabavam bem em seus contos, mas nem sempre os personagens bem-sucedidos eram os mais, os mais...

Busca um termo específico. Noto que seu vocabulário é surpreendentemente preciso. Apóia, além disso, certas expressões, como se as sublinhasse.

— ...eram os mais *honoráveis*. Sentíamos que os desfechos eram felizes pelo contentamento *dela*, pelas palmas que ela própria batia a cada final de história. Mais tarde, porém, tínhamos sempre dúvidas sobre o verdadeiro sentido daqueles enredos. O Lobo Mau comia o Chapeuzinho Vermelho na presença do caçador e com a cumplicidade da velha avó, com quem o caçador mantinha uma relação repleta de ambivalências. A Gata Borralheira, vítima de uma estranha doença de pele, era encontrada pelo Príncipe Encantado na cozinha de um bordel. E assim por diante. Além disso, a cada nova versão as histórias ficavam mais vagas quanto à motivação. E mais enfeitadas em seus detalhes. Após longos anos de convívio e aprendizado, uma jovem órfã, adotada por um velho bruxo benevolente, trancafiava seu protetor em um porão e partia mundo afora. Lembro-me de uma das últimas versões desse conto em particular, na qual o velho bruxo, pouco antes de morrer, cantava um longo tango, abraçado a suas grades, desejando boa sorte à heroína. Na época, é claro, Gardel estava na moda em Paris. Mas um bruxo cantando tangos era demais até para pessoas como nós.

Quase cai da cadeira de tanto rir com o comentário. Ainda arfante, pede um copo d'água ao garçom.

— A senhora por acaso se recorda dessa história em maiores detalhes?

— Dessa história? Deixe-me ver... Ela começa *durante a segunda grande praga dos gafanhotos gigantes*, disso me lembro bem. Vejamos... A heroína fica órfã porque os gafanhotos (mediam quase meio metro cada um e nunca voavam em bandos inferiores a uma nuvem de bom tamanho) matam a dentadas seus pais e seu único irmão. Em seguida, destroem completamente as plantações de café, a casa e, porque também eram carnívoros, devoram o rebanho de ovelhas. A jovem órfã escapa escondendo-se atrás de uma estante cheia de livros, de onde só sai quando a lua cheia já vai alta. De seus pais e irmãos quase nada resta, um cordão de ouro, um pedaço de sapato, alguns tufos de cabelos alourados. Até suas bonecas estão despedaçadas. Entre elas, porém, materializa-se, como que por mistério, uma nova boneca, maior e mais ricamente vestida do que as que lhe haviam pertencido. O senhor tem mesmo certeza de que quer escutar essa...

— Tenho.

Bebe dois goles do copo d'água que o garçom colocou a sua frente. E prossegue:

— A boneca é mágica e se dispõe a salvar a jovem órfã daquele inferno, levando-a de canoa selva abaixo até a parte mais remota da floresta, onde reina o Velho Bruxo, inimigo jurado dos gafanhotos gigantes. (Dependendo do adiantado da hora, os mais variados animais, dos reais aos mitológicos, faziam pequenas aparições nessa etapa da narração.) O Velho Bruxo acolhe a jovem órfã com carinho e fidalguia. Por sete anos cuida de sua alimentação, vestuário e educação. A boneca mágica, porém, é progressivamente dominada por terríveis ciúmes, que a levam a exigir a expulsão da jovem órfã, cuja beleza, àquela altura, desabrochou, seduzindo animais e plantas da floresta e reduzindo à metade os poderes do Velho Bruxo. Enfraquecido pelo amor, o Velho Bruxo hesita em expulsar a jovem órfã da floresta. Fortalecida pelo ódio, a boneca mágica insiste. Discutem. Brigam. A jovem órfã surpreende uma dessas brigas. Percebe que sua única saída é unir-se ao Velho Bruxo contra a boneca mágica. Mas nesse meio tempo, descobre, apavorada: apaixonou-se pela boneca. (Em algumas das versões, podiam ocorrer aqui longos desvios sobre os jogos mútuos de sedução entre a jovem órfã e a boneca.) Encurralada, mas sem perder seu sentido prático, a jovem órfã transfere então sua aliança para a boneca, a quem confessa seu amor. (Essa parte tínhamos sempre dificuldade em entender.) A boneca se ilumina com a revelação. Juntas atraem o Velho Bruxo enfraquecido para uma armadilha. Fechadas as grades sobre ele, fundem-se ambas em um só ser e sobrevoam as florestas rumo ao horizonte. O Velho Bruxo, que tudo previra, agarra com as mãos trêmulas suas grades e, com o olhar preso ao ente sublime que se distancia ao luar, canta seu tango.

Mas ela própria permanece em silêncio, cabeça baixa, toda ocupada em conferir suas lembranças. Por maior que seja minha curiosidade, não cometeria a indelicadeza de indagar se, decorridos tantos anos, ela ainda se recordaria da letra ou melodia daquele tango. Nem Guilhermina havia sido capaz de citar com precisão para Andrea o trecho da ópera que o comendador cantara em sua agonia na adega... Não, o que Silvana busca em sua memória é outra coisa:

— Ele não tinha sombra... Como todo bruxo que se preza, o de nossa fábula também não tinha sombra. E sofria muito com isso. Em pleno tango, porém, vê crescer a seus pés a sombra finalmente resgatada. É enorme sua alegria. E nessa parte do relato Guilhermina sempre dava um jeito de projetar uma enorme sombra nas paredes de nosso quarto, ao mesmo tempo que, de costas para nós, balançava os braços na janela, a caminho do céu escuro.

Abre os bracinhos em diagonal e se estica toda na cadeira, como se fosse voar para o colo do garçom que bate em retirada.

— Aí ela se atirava em nossa cama e rolava de rir com nossas caras!

Cai na gargalhada. Mas logo se recompõe e muda de tom:

— Tinha jeito para contar histórias, isso Guilhermina tinha. E era linda. Era linda quando nos contava suas histórias, quando costurava nossas roupas e quando deslizava em sua canoa, com seus cabelos ruivos ao vento e seu vestido de rendas brancas arregaçado até os joelhos... É assim que sempre me recordo dela, voando em sua imaginação ou cortando o espaço suavemente a nossa frente.

26

O homem de *jeans* e camisa branca de mangas arregaçadas deve ter uns quarenta anos. Os gestos febris com que trabalha transmitem uma sensação de pressa e determinação. Do alto de sua escada, quase colado ao teto, grita para mim:

— Esteja à vontade, desço em seguida.

Meus passos ecoam pelo assoalho da sala vazia. O cheiro de tinta me leva até a janela. Compreendo melhor a hesitação de meu interlocutor ao telefone, diante de minha insistência em ser recebido ainda hoje: a pintura de seu pequeno apartamento na *rue Campagne Première* está de fato no começo e há muito trabalho pela frente. Mas a bela vista do sexto andar rende homenagens à limpidez da primavera. E a voz bem-humorada que soa atrás de mim logo em seguida também reflete essa leveza:

— Lamento não poder oferecer-lhe nem um café...

O gesto abarca vagamente a sala vazia e inclui os móveis recobertos por lençóis brancos entrevistos no quarto ao lado.

Henri Nat esfrega as mãos em um pano sujo antes de apertar a minha. Puxa um maço todo amassado do bolso de trás da calça, oferece-me um cigarro, aproxima-se da janela e, debruçado sobre os telhados de Montparnasse, entra direto no assunto:

— O senhor disse no telefone que gostaria de me fazer algumas perguntas sobre meu pai. Posso saber com que propósito?

— Claro que sim.

Desculpo-me, mais uma vez, por ter insistido em vê-lo ainda hoje. Explico que custei muito a localizá-lo e que devo regressar a meu país ainda no início da próxima semana.

— Não tem a menor importância. Eu é que me desculpo por recebê-lo aqui e de maneira tão improvisada.

As frases, articuladas e precisas em sua boca, saem toscas e hesitantes da minha. Mas são sinceras de parte a parte, é o que importa. A pequena pausa que se segue, no entanto, é mais significativa do que as palavras: ou produzo uma resposta convincente, ou me defrontarei com mais um *je regrette*. Deixo de lado o roteiro predeterminado e corro um risco calculado:

— O papel de parede que havia nesta sala reproduzia cenas de Watteau?

— Watteau? Não. Por quê?

A pergunta o intrigou visivelmente. Olha para mim com interesse e emenda quase em seguida:

— Mas, muitos anos atrás...

Pára. Dá uma baforada em seu cigarro. Cruza os braços. Coloca em palavras o que lhe passa pela cabeça:

— O senhor não tem idade para ter estado aqui naquela época.

De costas para a janela, aponto para a parede a nossa frente:

— E o piano ficava aqui, não? Contra a janela, voltado para aquela parede?

Ele sorri e balança a cabeça:

— De fato, o velho piano, sempre aí, desde minha época de menino. Veja as marcas que até hoje ficaram pelo chão... E também me recordo do Watteau, ainda que o nome, na época, não significasse nada para mim. Os tons sombrios me impressionavam muito. Mas enfim, poderia saber...

Cala-se e o olhar novamente atento completa a pergunta. Consegui sua atenção, mas seria um erro prosseguir com meus pequenos jogos de adivinhação. Ergo as mãos:

— Desculpe. Não quero de modo algum lhe dar a impressão errada.

Recito minha historinha. À força de repeti-la, começo até a acreditar nela. No fundo, é verdadeira: estou ou não estou envolvido em algum tipo de pesquisa? A resposta que dou internamente a essa pergunta serve, inclusive, para injetar alguma sinceridade nas palavras que enuncio, pois quando termino Henri Nat parece mais tranqüilo:

— Interessante esse seu trabalho. Muito interessante.

Mas seu rosto nada revela sobre o que sabe, ou sobre o que pensa. Parece, no entanto, estar tomando uma decisão. Lança-me um pequeno olhar, como se estivesse prestes a enveredar por um caminho sem retorno. Nova baforada e me convida, com um gesto, a passar ao quarto ao lado. *O pequeno vaso de papoulas entre os livros da estante, teus cabelos vermelhos contra os lençóis claros, como um Renoir...* O lençol erguido revela um criado-mudo, quem sabe um irmão gêmeo do que circulara no passado de Guilhermina. De joelhos no chão, Henri abre a última gaveta, de onde extrai uma pilha de papéis. São partituras, Poulenc, Satie, Fauré, Ravel. Algumas trazem dedicatórias, que entrevejo apesar da rapidez com que desfilam frente a meus olhos. Logo encontra o que procura:

— É de meu pai. Dedicado a ela. Um trio para piano, violino e celo. Ele nunca favoreceu sua execução pública. Que eu saiba, a peça sequer foi tocada fora desta sala.

O polegar sobre os ombros sinaliza, com certa displicência, a sala atrás de nós. Abro a partitura. A peça se intitula *Deusa de espuma*. Não resisto à tentação:

— É uma referência a Théodore de Banville.

— Verdade? Como é que o senhor sabe?

— Uma inscrição achada no verso de uma antiga foto tirada em Nice...

— Uma fotografia de meu pai? Com ela? De antes da guerra então... Poderia vê-la?

— É possível. Eu talvez possa lhe mandar. Seu pai não terá conservado alguma cópia?

Balança a cabeça em sinal de dúvida:

— Eu teria visto, nem que fosse depois de sua morte. Sou o único herdeiro, minha mãe morreu quando eu ainda era menino. Não, na realidade sobraram poucas fotografias de sua juventude. Não tenho quase nada da fase que antecedeu a seu casamento com minha mãe.

Seu olhar se volta para a partitura em minhas mãos:

— Nem sei se a peça é grande coisa, meu pai não chegou a ser um bom músico.

O tom é tranqüilo, como se não ser um bom músico fosse um detalhe comparativamente secundário na trajetória de um pianista e compositor. Por meu olhar, ele se dá conta do que disse e procura modular o pensamento:

— Ele era amigo de todos os músicos conhecidos de sua época, circulava entre eles, não era mau pianista, chegou a dar alguns recitais aqui e até no exterior. E foi um excelente professor. Mas, como compositor, eu diria que não chegou muito longe.

Novamente a partitura:

— A rigor, e até onde me recordo de seus comentários, é possível que nem ela... como se chamava mesmo?

— Guilhermina.

— Isso, Guilhermina... é possível que nem mesmo ela tenha chegado a escutar o trio.

A informação soa estranha a nossos ouvidos, como se uma possível indiferença de Guilhermina pudesse agora criar algum tipo de constrangimento retrospectivo entre nós dois.

Tanto que, quase em seguida, como se procurasse atenuar qualquer indelicadeza, acrescenta:

— Mesmo porque, pelo que me contou, ele compôs a obra depois do regresso dela para o Brasil.

E emenda, ainda preocupado:

— O senhor pode tirar uma cópia, se estiver interessado. A propósito, o senhor já almoçou?

— Ainda não.

— Muito bem. Aqui embaixo há uma papelaria onde o senhor poderá tirar uma cópia da partitura e na esquina um pequeno restaurante onde, se desejar, poderemos comer alguma coisa juntos e conversar mais à vontade. O tempo da primeira mão de tinta secar. O *patron* é velho amigo meu, e o restaurante, um oásis em Montparnasse de hoje. Chega a ser um lugar quase anacrônico. Almoço sempre lá aos domingos. *D'accord?*

— *D'accord.*

— Nos fins de semana eles costumam servir dobradinha.

Trata-se, a seus olhos, de um argumento definitivo, que recoloca tudo em seu devido lugar, como se a perspectiva de comer alguma coisa, sobretudo um prato singular, fosse, por si só, capaz de restabelecer a harmonia entre o passado e o presente. Um possível mal-estar, decorrente da ingratidão involuntária de uma mulher para com um compositor menor, não poderia jamais prevalecer sobre dobradinha regada a um bom vinho. Batemos a porta e descemos os seis andares conversando animadamente sobre o Brasil, meu trabalho na universidade e essas minhas semanas em Paris.

— Meu pai me mandou uns cartões-postais de seu país. O senhor sabe, ele esteve lá, em 1952 ou 53, a caminho de Buenos Aires.

— Eu sei.

— Eu tinha uns quatro anos. Guardo até hoje esses postais em algum lugar. Do Rio, ele me trouxe uns enormes chocalhos. O senhor sabia que ele havia estado no Brasil?

— Sabia.

— Por ela?

— De certa forma, sim.

A chegada à papelaria interrompe nosso diálogo. Enquanto as cópias são tiradas, observo o espaço a meu redor. Pergunto, quase para mim mesmo:

— Esta loja não terá sido antes uma galeria de arte?

A caixeira, portuguesa, não sabe. Saio até a calçada. Olho para cima, revejo o apartamento que acabamos de deixar, com suas janelas entreabertas. Inclino-me contra a vitrine, à procura dos Mirós que haviam encantado Guilhermina em outra época. Henri se aproxima de mim:

— O senhor tem razão. O proprietário acaba de me confirmar que havia uma pequena galeria de arte neste local. Mas isso foi...

— ...eu sei, antes da guerra.

— Exatamente. Como sabe?

— Seu pai se reencontrou com ela nesta calçada.

As cópias ficaram prontas. Enquanto pago, Henri continua do lado de fora, olhando para a calçada a seus pés, como se a visse pela primeira vez e, sobre ela, vislumbrasse seu pai, muito jovem, passeando de braços dados com uma mulher de perfil de fogo e sonhos. Caminhamos os quatro rumo ao restaurante. De braços dados, por assim dizer. E, de fato, hoje o prato é dobradinha. Meu companheiro é muito conhecido no lugar. O *patron* sai de trás do balcão para abraçá-lo. Sou apresentado como um amigo brasileiro. *Ah, le Brésil*, exclamam entre si, como se isso bastasse. Um leve perfume de selva exótica e tropical se confunde por alguns segundos com os aromas que escapolem da cozinha e já invadem nossas narinas. O restaurante ainda está vazio, o *patron* traz três copos, uma garrafa, senta-se conosco e nos serve dois dedos de vinho tinto. Bebemos à saúde do Brasil e da França. A *patronne* também ergue seu copo por trás do balcão. Em seguida, grita:

— Etienne!

Um garçom velho e sonolento sai da sala ao lado e, arrastando um pouco os pés, apresenta o menu, que Henri passa a minhas mãos. Ele já sabe o que quer. Deixo Guilhermina escolher.

Para meu horror, ela confirma: *tripes à la mode de Caen*. Mas, antes, pede ostras.

— *Elles sont très bonnes* — assegura-me o patrão.

No momento de fechar o menu, capto com o canto do olho a indicação de um acompanhamento para outro prato:

tomates clamart. Pergunto, por puro instinto, se poderia pedir os tomates com a dobradinha. Meus interlocutores se entreolham. O *patron* diz: "*Tout est possible pour le Brésil.*" Cometi, com toda certeza, uma séria *gaffe* gastronômica. Paciência, cada qual lida com as ironias do destino a sua maneira.

27

— Meu pai conversava horas a fio comigo, quando eu era criança. Eu havia ficado órfão de mãe cedo demais, nós nos fazíamos muita companhia. Ele falava sempre dos artistas que havia conhecido em sua juventude. Paris nos anos vinte, trinta, era outra cidade. E este bairro, que foi o bairro dele e que hoje está quase irreconhecível, de tão desfigurado, vivia então dias gloriosos de poesia, boemia, inconseqüência...

— C'était la belle époque, quoi — confirma o *patron*, confundindo um pouco as épocas e engolindo, no processo, duas gerações e uma guerra.

As ostras já se foram, a dobradinha está a caminho, mas o *patron* continua sentado a nossa mesa, controlando com um olho o movimento na sala e com o outro a porta por onde entram os fregueses. Muitos acenam para ele ou vêm cumprimentar-nos. Alguns têm direito a seus próprios guardanapos, presos a argolas, que Etienne recolhe da gaveta de uma cômoda próxima à cozinha.

Elogio o jeito familiar do pequeno restaurante. Conto ao *patron* que, dez anos antes, ganhei eu próprio a vida cozinhando em um restaurante ítalo-brasileiro de Los Angeles. Ele me faz algumas perguntas sobre essa fase de minha juventude. Ri muito de minhas aventuras na cozinha do *Cyrano's*. Explica que um restaurante, na França, nunca é apenas um negócio. Para os que cozinham, para os que servem e para os que freqüentam, o restaurante é como uma extensão da própria...

Henri completa:

— ...da própria família. E a família é a base de tudo!

Paramos à espera de maiores detalhes. Henri também parece dar-se conta de que seu desabafo, quase em jejum ainda por cima, exige alguns desdobramentos. Mas não demonstra preocupação em apresentá-los. Mudando de rumo, balança um dedo em minha direção:

— *Vous, par exemple.*

A voz sai alta. Henri está meio alegre. Afinal, é domingo. Os dois dedos de vinho oferecidos pelo *patron* deram lugar a duas *carafes* de *muscadet*, a que se sucedeu agora uma terceira, de vinho tinto da casa. (É confiável, assegura-me o *patron* com uma piscadela.) Henri se inclina sobre a mesa. O *vous* com que me distingue se perde por entre os vapores do álcool e a fumaça dos cigarros. Já estamos íntimos.

— Você. Você com certeza teve pai e mãe na infância e na juventude. Não?

— Tive.

— *Voilà. C'est ça la famille.*

Acomoda-se de novo em sua cadeira. Balançamos todos a cabeça em sinal de concordância, ele inclusive. Começo a me perguntar se terá sido uma boa idéia aceitar o convite para participar deste almoço. Mas não estou muito preocupado: as primeiras impressões raramente são as que contam. Henri prossegue:

— Veja bem, no meu caso, a morte de minha mãe até me aproximou de meu pai, mas de uma maneira curiosa. Eu poderia, por exemplo, lhe contar diversas histórias das mulheres de meu pai, mas nenhuma delas relacionada a mamãe. A morte dela nos aproximou, mas como dois adultos se aproximam. E homens raramente conversam, com afeto, sobre coisas importantes. Podem falar seriamente de negócios. Ou debater a melhor escalação de um time de futebol. Podem detalhar a próxima bomba nuclear. Ou gastar fortunas para desativá-la. Mas entrou afeto...

O gesto para o alto com as duas mãos parece sincero.

— E meu pai, apesar de ter sido um artista, um amante da vida e, de certa forma, um poeta em seu quintal, era basicamente um homem como os demais. Por isso pouco me falou de minha mãe.

O *patron* continua balançando a cabeça, em sinal de irrestrita compreensão e solidariedade. Já deve ter ouvido essa história inúmeras vezes, com variações que terão acompanhado as mudanças em seu cardápio. Dobradinha, melancolia, *steak tartare*, desespero, trutas em ervas, leveza um tanto indiferente. O gesto para Etienne significa: mais uma garrafa. Etienne grita do outro canto da sala:

— *Du rouge?*

— *Du rouge!*

E lá vamos nós. A alma dos vinhos canta nos cascos que parecem flutuar no espaço a nosso redor. Imagino que a primeira mão de tinta já tenha, a essa altura, secado e ressecado na mansarda do sexto andar. Henri deve pensar: às favas a pintura do apartamento. Penso eu: às favas minhas compras antes do regresso ao Brasil. Com a ajuda do vinho e do afeto do *patron*, da luz da primavera que se filtra pelas janelas, das saudades que de repente sinto de Andrea e da revolta de Henri pela morte de sua mãe, com tudo isso e mais o que ficou nos bastidores, faremos das tripas coração e rasparemos as três camadas de tinta que ainda nos separam de Guilhermina e de Watteau.

Henri pergunta:

— Você entende?

— Entendo. É como em *Five easy pieces*.

— Como?

— Um filme americano. Jack Nicholson, na seqüência final, empurra o pai em uma cadeira de rodas por um campo aberto. Somente ali, porque não têm mais tempo a perder, consegue dizer ao pai que gosta dele. E o velho pai, que já não pode falar porque está paralisado, deixa rolar algumas lágrimas...

— Como seria o título em francês?

— Não sei. *Cinq pièces faciles?* Mas existem pelo menos quarenta filmes franceses que, de uma maneira ou de outra, tratam do mesmo tema.

— Quarenta? Você deve estar brincando... Nós inventamos esse tema!

Após uma pausa, prossegue, o olhar uma vez mais fixo em seu passado:

— Pois é. De toda forma, com isso, acabei aprendendo muito, mas sempre como quem cisca, um pouco aqui, um pouco acolá. E acabei sabendo de muitas coisas, coisas a que as crianças em geral não têm acesso. Quase sempre episódios triviais, mas sobre homens que nada tinham de triviais, a noite em que Ravel rasgou a primeira versão de seu *Bolero*, a fuga de Nijinsky com um *cascadeur*, a terrível ressaca política de Aragon ao regressar de sua famosa viagem à União Soviética, os desencontros entre Erté e Lalique, as seqüências que não deram certo nos filmes de Marcel Carné. Histórias verídicas, algumas, colhidas por amigos que trabalhavam com essa gente; inventadas, outras, quando as circunstâncias do momento o exigiam. Histórias de Montparnasse, histórias de artistas, de empresários, de contas nunca cobradas, de pessoas desprendidas vitimadas por seres mesquinhos, de mulheres — das de meu pai e de seus amigos. E, por vezes, histórias dos homens que essas mulheres haviam tido. Histórias que anos depois fui encontrar nos livros de Henry Miller. Você leu Henry Miller?

— Li.

— Ele era amigo de meu pai, meu pai é citado em dois de seus contos. Eu me chamo Henri por causa dele.

Pisca um olho cúmplice para mim. Parece estar satisfeito por ser o detentor de tantos segredos. O *patron* está mais satisfeito ainda, como se, por afinidades gastronômicas, também tivesse acesso a esse rico patrimônio. Estamos todos satisfeitos. Mais um pouco e nos daríamos alguns tapinhas congratulatórios nas costas. Mas Henri de repente estica o braço em minha direção e cutuca com um dedo minha barriga:

— *Mais, oh, surprise!* — *de la brésilienne, rien.* Da brasileira nada, rigorosamente nada. Silêncio ainda maior do que o que envolvia as coisas relacionadas a minha mãe.

Pausa para avaliar minha reação. Tudo bem: até que enfim alguém que não sabe *nada* sobre Guilhermina, uma raridade nesta cidade. É melhor assim. Henri repete com tristeza:

— Nada sobre a brasileira. Absolutamente nada a seu respeito. E isso sim, era espantoso. Saber tanta coisa inútil a respeito de pessoas que talvez nem contassem... E dela... só mistério e curiosidade. E, no entanto, meu pai pensava nela com freqüência, eu sentia que ele pensava nela, como se pensa em um pedaço que ficou faltando em nossa vida, um pedaço que, se recuperado, talvez desse maior sentido ao conjunto. No princípio, quando eu era mais jovem, achava que os momentos de melancolia dele se deviam a minha mãe. Depois, muito aos poucos, fui me dando conta de que não era em minha mãe que ele pensava, quando, por exemplo, se sentava sozinho ao piano, à noite, e ficava tocando algumas notas soltas. Como eu sentia que era a brasileira, não sei, uma intuição. Se você me perguntar, eu lhe direi até que é possível que ele tenha, em algum momento de seu passado, sonhado em fundar, com ela, uma família. E a família, para ele...

— ...era tudo! — corta o *patron*, acenando para Etienne, que se aproxima da mesa.

Os *tomates clamart* se apresentam a nossa frente. Olho para eles com afeto e certa expectativa, como se, do fundo de seu prato, eles pudessem me desejar uma boa tarde, me falar de suas origens, me confirmar o grau de confiabilidade da presente conversa, ou me revelar algum segredo sobre seus antepassados. Henri prossegue, embrulhado em suas lembranças:

— Em um dos postais que enviou do Rio para sua irmã — minha tia tomava conta de mim quando ele viajava —, meu pai rabiscou três frases a lápis: *Eu a revi. Está casada com um senhor que usa um cravo na lapela. Parece feliz, por isso procurei fingir que também estava.*

Faz uma pausa e, juntos, revemos o senhor de cravo na lapela. Sinto que, para ele, é um personagem quase familiar, como um velho tio que permaneceu desconhecido porque emigrou cedo para além-mar. Três linhas em um postal, como as três camadas de tinta que haviam recoberto nosso Watteau. Pergunto-me se não deveria, um dia, mandar para Henri as cartas que seu pai escrevera a Guilhermina. *Por que não vieste ontem? A comida teria estado tão ruim assim? Que entrega é essa, logo seguida de ruptura?*

28

— Anos depois, já mais crescido, achei aquele postal entre alguns livros de minha tia e perguntei a papai o que significavam aquelas três frases. Ele olhou para mim com um ar distante, fez uma festinha em minha cabeça e, como a contragosto, abriu a gaveta onde guardava suas partituras. Naquele pequeno móvel que lhe mostrei há pouco. Com o trio nas mãos, falou-me então um pouco dela. Muito pouco, quase nada. Depois tocou algumas notas em seu piano, distraidamente, com a mão esquerda, e eu me dei conta de que eram notas do trio, as mesmas notas e os mesmos acordes soltos que eu me habituara a escutar em suas noites mais solitárias, quando eu ficava brincando com meus carrinhos no tapete próximo ao piano. O que de certa forma confirmou minha intuição de que, naquelas ocasiões, era na brasileira que ele pensava, e não em minha mãe. Uma intuição nascida de alguns acordes...

Pára, como que suspenso pelos acordes. Mas logo muda de tom:

— É também possível que eu estivesse enganado e que ele gostasse de improvisar ao redor das mesmas notas por outros motivos, ou com outras mulheres na cabeça. Seja como for, não ousei perguntar o que significava o título, *Deusa de espuma*... Teria sido uma pergunta íntima demais entre dois homens, mesmo que um deles fosse pequeno e filho do outro. Quem diria, Théodore de Banville...

Olha para mim sem disfarçar uma admiração sincera, como se eu tivesse desvendado algum enigma crucial que permitisse agora descortinar novos horizontes para o bem-estar da humanidade. Aperta os olhos e mergulha nos confins de sua memória:

— E, antes de fechar sua gaveta, recordo-me agora, ele disse que o violino e o piano costuravam a melodia como se tentassem constituir uma família, mas que quem mandava no trio era o celo, aproximando e separando os outros dois, como um plâncton sombrio flutuando em água clara. Recordo-me muito bem dessa imagem, *como um plâncton sombrio flutuando em água clara*. E nunca mais tocou no assunto. Nem precisava, não é verdade?

A dobradinha faz sua entrada triunfal e é bom que assim seja, pois estou a ponto de cair no chão, derrubado pelo vinho, pelos celos e pelos violinos que se multiplicam a nossa frente, nesse turbilhão de plânctons orquestrado por criados-mudos.

— *C'est quand même beau le cello!** — exclama o *patron*, para saudar a comida e espantar a melancolia que já rondava nossa mesa.

---

*Mas é mesmo belo o violoncelo!

Brindamos ao celo, ao piano e ao violino. Brindamos à dobradinha, sendo que eu, torcendo secretamente para que tenha sido muito bem lavada. Brindamos à prosperidade de nossos países e ao bem-estar de nossos povos. Outro brinde e faço um discurso. O *patron* pede mais vinho. Junto com a nova garrafa, Etienne traz também dois pratos e alguns talheres. A *patronne*, copo na mão, senta-se conosco à mesa, almoçaremos os quatro juntos. *Bon appétit, Monsieur. Merci, Madame.* Henri prossegue, já mais animado, garfo no ar:

— As partituras de seus amigos compositores, ele me mostrou uma tarde, poucos meses antes de morrer, e me disse que, um dia, elas talvez rendessem algum dinheiro. E é verdade, estão quase todas autografadas por gente hoje famosa, ele era muito querido por seus amigos de geração. Mas, ao rever o trio que havia composto para sua brasileira, ele apenas disse:

— Essa ninguém vai querer. *Mais garde-la tout de même**, quem sabe um dia...

Aqui uma súbita idéia:

— Eu talvez devesse lhe dar o original? E ficar com a cópia?

— E por quê?

— Não sei... porque hoje é um dia especial, hoje é domingo, no domingo algumas coisas acabam... e outras principiam...

— *Vive le dimanche! Etienne, l'addition de la quatre!***

— E também porque alguma coisa pode ter passado pela cabeça dele, quando me pediu que guardasse a partitura...

---
*Mas conserve-a mesmo assim.
**Viva do domingo! Etienne, a conta da mesa 4!

— Obrigado, mas não sei se devo aceitar.

— E por que não?

— Porque não me parece...

— Você talvez possa me dar alguma coisa em troca...

— O quê?

— Não sei... A história dela... Por que não nos conta a história dela?

— A história dela... É uma longa história, cheia de grandes vazios, só conheço algumas partes.

— Mas é também um longo domingo, cheio de grandes vazios... *Etienne, l'addition de la deux! Au revoir, Raphael! À demain!*

— *Quelle histoire?* — pergunta a *patronne*, que parece um pouco surda.

— *Monsieur a connu une amie du père d'Henri...**

— Ah... Conte-nos alguma coisa sobre ela... Como se chamava?

— Guilhermina.

— Guilhermina. Ela fez algo de extraordinário?

— Ela matou um homem.

— *Qu'est-ce qu'il dit?*

— *Qu'elle a tué un homme.*

— Ah... Faz muito tempo?

— Faz.

— Ela matou um homem? De verdade? E acabou a história? Mas, meu caro amigo, você começa pelo fim? Isso não vale

---

*Esse senhor conheceu uma amiga do pai de Henri.

uma partitura original... Retiro minha oferta. Se Schubert tivesse começado pelo fim, jamais teríamos tido a *Sinfonia inacabada*.

Rola de rir com a própria piada. Apesar de todo o vinho, tenho certa dificuldade em conciliar os climas a meu redor:

— Isso foi no começo, ou quase. Enfim, ocorreram coisas antes e coisas depois... Antes, ela cruzou um rio com um vestido de noiva arregaçado até os joelhos, depois, passeou de elefante em Istambul, antes, teve uma modesta coleção de bonecas, depois, cuidou de quatro anãs verdes, antes, amou profundamente um irmão mais velho, depois, entregou-se a um homem em um balão e a uma mulher em um trem. Mais ou menos como no *antes e depois* de vocês, com suas guerras cíclicas.

Faço uma pausa, preocupado por estar emitindo muitas mensagens ao mesmo tempo e, com isso, aborrecendo meus companheiros. Que, na realidade, e felizmente para eles, estão todos de nariz no prato, ocupados em confirmar a qualidade do que comem.

— E, ao mesmo tempo, como no caso das histórias de seu pai e dos amigos dele, pode ter havido meias verdades, pequenas invenções, meias mentiras, é difícil saber, as pessoas às vezes mentem ou omitem para enfeitar ou proteger... E acrescentam fatos, convencidas de que certas elipses na realidade aconteceram. Guilhermina pode, ou não, ter vivido muito mais do que sabemos. Do homem de cravo na lapela, por exemplo, ao lado de quem finalmente sossegou por pelo menos treze anos e que seu pai conheceu no Rio, nada sabemos. Ou pode ter vivido muito menos do que deduzimos, passando apenas pela vida, às vezes gulosa, outras encolhida, no geral alheia às realidades de sua época. Minha geração gritaria em coro, quem sabe com razão: alienada. Mas nem mesmo isso se sabe ao certo, porque nada ficou de seus últimos trinta anos, a não ser uma vaga referência a um orfanato.

Aproveito a grande pausa a meu redor para matar saudades do meu vinho. E sigo em frente:

— Houve momentos em que estive bem perto dela, como se fosse de carne e osso e eu pudesse até tocá-la. E outros em que mais parecia um vulto saído de uma história em quadrinhos, que trancasse determinados segredos na gaveta de um velho móvel e atirasse em seguida a chave ao mar. Eu, em certos dias, achava que me aproximava dela pelos livros que ela lera, mas em outros, imaginava que havia lido vários deles pelo avesso. Certa vez, já mais para o final da vida, ela disse a uma sobrinha: *Eu, desde os quatorze anos, sempre fui a mesma pessoa. Mas que pessoa, nunca soube.* Na realidade, como saber ao certo o que realmente ocorre na vida de uma pessoa?...

Todos comem em silêncio. Falei muito mais do que devia, paciência. Prometo a mim mesmo não mais abrir a boca até o café.

— De fato, nunca se sabe — comenta a *patronne* após um bom momento, balançando a cabeça com o sorriso pensativo de quem, no fundo, talvez não tenha entendido muito do que ouviu, mas consegue chegar a certas verdades por também ter cozinhado, ao longo de uma vida bem vivida, alguns bons segredos em suas panelas.

Henri me observa, pensativo. Seu pai terá mesmo vivido muitas histórias... A qualidade de seu olhar reflete essa riqueza do pai, de que o filho se tornou detentor e herdeiro único. Ergue um brinde silencioso em minha homenagem, que retribuo com a mesma discrição. De nós quatro, apenas o *patron* parece ser um homem sem grandes mistérios. Estala a língua satisfeito, enrola seus bigodes, as coisas correram bem neste domingo, a casa esteve cheia, seu amigo Henri não está deprimido nem bebeu demais, como de costume. Quem sabe amanhã consiga dar um jeito de escapulir e encontrar Claudine em seu quartinho. Sorri com afeto para a *patronne*.

Pela janela, os últimos raios de sol da primavera produzem um facho de luz que corta a sala e envolve nossa mesa em tons dourados. Meus novos amigos balançam a cabeça sonolentos, embalados por velhas memórias inatingíveis. Guilhermina está em cena, mas já não está só, tem companhia. Uma, duas, dez pessoas se acotovelam a nosso redor. De repente, pela voz amiga da *patronne*, um fragmento de realidade:

— E seus tomates?

— Deliciosos. Estavam realmente deliciosos. Meus parabéns...

— Uma variação da receita original, um segredo que está na família há gerações.

— É mesmo? Desde quando?

Uma interrupção do *patron*, que muda o curso da conversa e, quem sabe, da história:

— E o senhor, o que veio fazer na França?

— Eu...

— Veio buscar uma velha partitura.

Derradeiro esforço de Henri para me recolocar dentro da história. Lá se foram meus tomates, desta vez para sempre. Conto minhas peripécias em Paris, as aulas, as projeções de filmes, as reações dos alunos e do público em geral. Falamos do Brasil, da França, das semelhanças, das diferenças, dos pequenos detalhes que os países e suas cidades fabricam incessantemente para adiar o grande mergulho na vala comum. Falamos do Rio de Janeiro. Lembro que o Rio foi francês muito antes de ser português ou brasileiro. Falo de Villegaignon, de sua França Antártica e do tom sadiamente antropofágico que havíamos estabelecido desde o início de nossas relações, uma antropofagia a princípio mais direta, mas que logo se desviara para o plano da moda e das idéias. Menciono as livrarias Garnier e Briguiet, o *Café Provenceaux* (*meublé, tapissé, rideauné à la mode de Paris*), as três visitas de Sarah Bernhardt ao Rio de Janeiro, o discurso de Anatole France na Academia Brasileira de Letras, a influência de Le Corbusier em cada esquina. Meus ouvintes parecem tão genuinamente surpresos com essas histórias quanto as anãs verdes com os gafanhotos gigantes de Guilhermina. Mas, na altura da sobremesa, Henri, a boca tomada por um esplêndido morango, insiste pela última vez:

— Nada disso! Nada de antropofagias! Nosso amigo brasileiro veio mesmo a Paris para resgatar uma velha partitura! Uma velha partitura de uma Deusa de Espuma!

Todos os olhares convergem para mim. Não tenho mais como escapar. Levanto-me, ergo o copo e, procurando disfarçar a timidez, recito em meu francês heróico:

— *Nice, como tu, deusa viva e sorridente, saída de um jato de espuma sob um beijo de sol!*

Aplausos gerais, bravos, brindes erguidos em minha homenagem. Sinto-me como se estivesse retribuindo a histórica visita de Anatole France ao Rio de Janeiro. Até o velho Etienne, que lentamente arruma as mesas, se une a nós. À *la Déesse!* Aterrisso de volta em minha cadeira, agradecendo as homenagens. Prometo a mim mesmo fazer melhor da próxima vez.

A brisa da tarde chega até nós pelas janelas e portas entreabertas. Etienne varre a poeira e as pontas de cigarro do chão para a calçada. Um cachorro mete a cabeça no umbral da porta, olha para nosso grupo e se retira abanando o rabo. Tomamos nosso café em silêncio, o mundo real emergindo aos poucos por entre a fumaça de nossas taças. As cadeiras rangem. É hora de partir, de dizer adeus. Em dois dias mais, tomo o avião de volta. Uma pena, no fundo, tanta coisa para ser vista, dita, imaginada, adivinhada...

Guilhermina, quando se sentava em sua janela, na velha fazenda, também adivinhava as paisagens que desfilavam frente a seus olhos. E quanto mais fechava os olhos, mais longe ia. A princípio, tomando imagens de empréstimo às viagens realizadas pelo velho marido. Depois, recorrendo a seus livros e às lendas que acumulava pacientemente em sua memória. Por fim, contando apenas consigo própria, com suas reservas de sonhos e energias.

Graças a isso, terá vislumbrado os quatro amigos que agora se despedem na calçada, antes de voltarem a suas paredes mal pintadas, a suas malas por fazer, a suas receitas centenárias.

E, muito além dos quatro, por trás dos campos, das telas e dos novos mundos, terá, talvez, entrevisto todo um painel de personagens, de idades, épocas e tamanhos diferentes, que também se abraçam de alma lavada e pernas bambas, embalados pelo vinho e pelo som de uma partitura finalmente ressuscitada. E, antes de guiar seu velho marido escadas abaixo rumo ao infinito, antes de provar de tudo um pouco pela vida afora — com a pressa sempre culpada de quem roubou tempo à vida alheia —, terá, quem sabe, percebido a revoada dos pássaros que passam velozes sobre a copa das árvores, sobem em flecha rumo aos céus e cercam um balão de cores vivas que flutua entre as nuvens. Do alto desse balão, pequeno mas visível na luz do fim da tarde, um homem acena com seu chapéu vermelho e branco para o grupo que, lá embaixo, ainda se despede na calçada. É uma pequena homenagem da paisagem a Guilhermina que, de sua janela, tudo observa. Como se a paisagem pudesse desejar-lhe boa sorte.

Este livro foi composto na tipologia
Goudy Old Style BT, em corpo 12/16,5, e impresso
em papel off-white 80g/m² no Sistema Cameron
da Divisão Gráfica da Distribuidora Record.

Seja um Leitor Preferencial Record
e receba informações sobre nossos lançamentos.
Escreva para
**RP Record
Caixa Postal 23.052
Rio de Janeiro, RJ – CEP 20922-970**
dando seu nome e endereço
e tenha acesso a nossas ofertas especiais.

Válido somente no Brasil.

Ou visite a nossa *home page*:
http://www.record.com.br